IL RAGAZZO SELVATICO

野男孩

PAOLO COGNETTI
〔意〕保罗·科涅蒂 著

〔意〕亚历山德罗·桑纳 绘
章尹代子 译

人民文学出版社
PEOPLE'S LITERATURE PUBLISHING HOUSE

著作权合同登记号　图字 01-2020-4617

Paolo Cognetti
Il ragazzo selvatico

Copyright © 2017 by Paolo Cognetti
Illustrated by Alessandro Sanna
First published in Italy by Terre di Mezzo editore，Milano，2017.
This edition published in agreement with the Author through MalaTesta Lit. Ag.，Milano
Simplified Chinese translation copyright © 2021 by Shanghai 99 Culture Consulting Co.，Ltd.
All rights reserved.

图书在版编目(CIP)数据

野男孩/(意)保罗·科涅蒂著，(意)亚历山德罗·桑纳绘；章尹代子译.
—北京：人民文学出版社，2021
（自然文学译丛）
ISBN 978-7-02-010964-7

Ⅰ.①野… Ⅱ.①保… ②亚… ③章… Ⅲ.①回忆录-意大利-现代　Ⅳ.①I546.65

中国版本图书馆 CIP 数据核字(2020)第 162804 号

责任编辑　卜艳冰　杜玉花　欧雪勤
装帧设计　钱　珺

出版发行　人民文学出版社
社　　址　北京市朝内大街 166 号
邮政编码　100705

印　　制　上海利丰雅高印刷有限公司
经　　销　全国新华书店等

开　　本　890 毫米×1240 毫米　1/32
印　　张　5.875
字　　数　100 千字
版　　次　2021 年 6 月北京第 1 版
印　　次　2021 年 6 月第 1 次印刷

书　　号　978-7-02-010964-7
定　　价　59.80 元

如有印装质量问题，请与本社图书销售中心调换。电话：010－65233595

目录

冬 　　　　　　　　　　　1
沉睡的季节

在城市里 　　　　　　　　5

春 　　　　　　　　　　　11
独居和观察的季节

家 　　　　　　　　　　　15
地形 　　　　　　　　　　25
雪 　　　　　　　　　　　32
菜园 　　　　　　　　　　38
夜晚 　　　　　　　　　　47
邻居 　　　　　　　　　　57

夏 　　　　　　　　　　67
友谊与冒险的季节

牧民，你去哪？　　　　　71
干草　　　　　　　　　　83
北山羊　　　　　　　　　92
露营　　　　　　　　　101
山小屋　　　　　　　　109
一瓶好酒　　　　　　　119
哭泣　　　　　　　　　127

秋 　　　　　　　　　133
书写的季节

归来　　　　　　　　　137
词汇　　　　　　　　　143
到访小屋　　　　　　　153
幸运的狗　　　　　　　156
转场　　　　　　　　　165
白色　　　　　　　　　171
最后一杯　　　　　　　175

冬
沉睡的季节

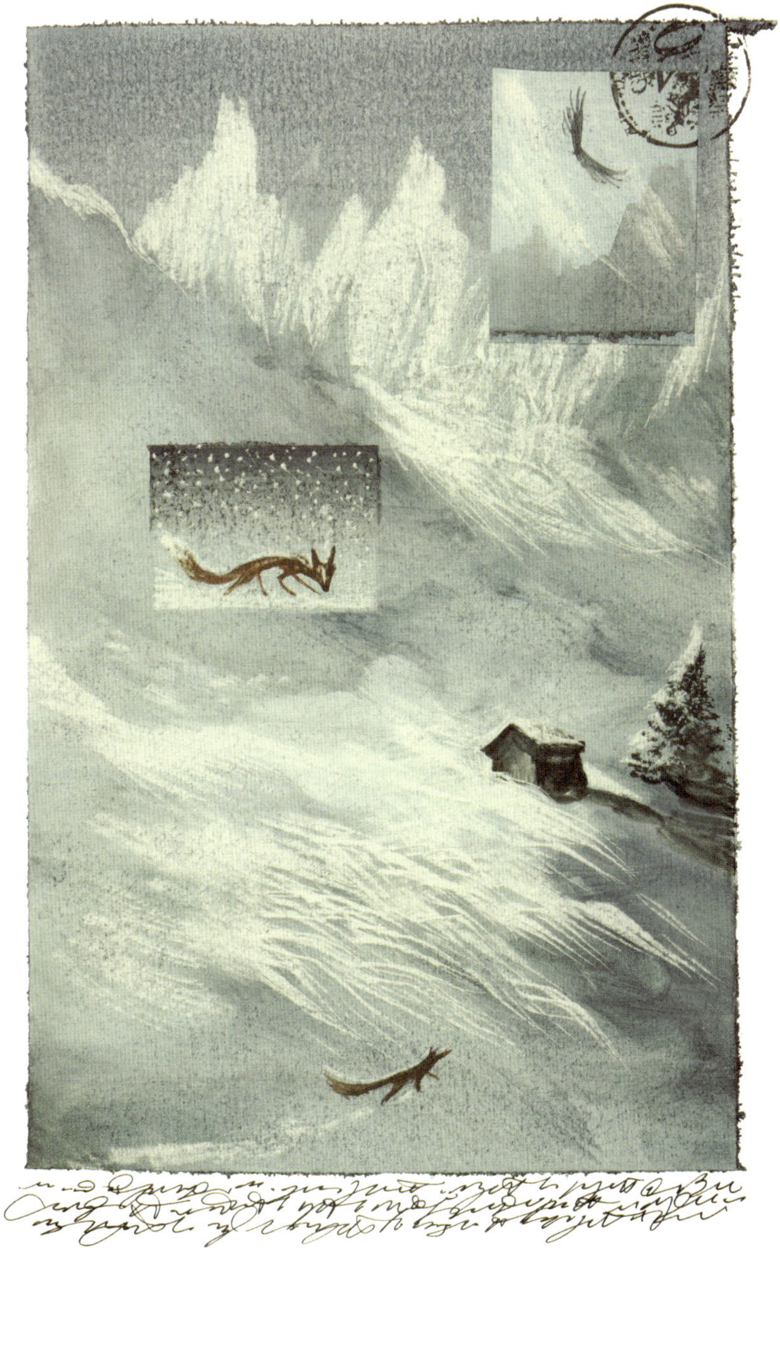

在城市里

几年前,我度过了一个艰难的冬天。对于现在的我来说,当时为何如此艰难已经不再重要。那一年,三十岁的我感到无力、迷茫与丧气,这种感觉就好像是你所坚信的事业最后惨淡收尾一样。那时,我仿佛在路途中生了病又偏逢连夜雨的旅人,要去畅想未来是不可能的梦。我做出了很多的努力,然而并没有什么效果。每一天,我透过图书馆、五金店、家门口咖啡馆与家中床榻上的窗户凝望着米兰白色的天空来打发时间。我没办法写作,而不写作对我来说就好像不睡觉、不吃饭一样:这真的是一种我从未体验过的空洞感。

那几个月里,我拒绝阅读任何小说,却被那些远离世俗生活、在树林里孤独生活的故事所吸引。我读完了梭罗的《瓦尔登湖》和雷克吕斯[1]的《一座山的

---

[1] 埃利泽·雷克吕斯(Élisée Reclus,1830—1905),法国地理学家,无政府主义者。

故事》。然而最打动我的是乔恩·克拉考尔[1]在《荒野生存》中克里斯托弗·麦坎德利斯的旅行，或许是因为故事中的主人公克里斯托弗并非十九世纪的哲学家，而是与我同处一个时代的男孩吧。克里斯托弗在二十二岁的时候离开了他所生活的城市与陪伴他的家人，放弃了学业和西方社会定义下的美好未来。他踏上旅途，开始了孤独的流浪。这样的流浪生活最终因他饿死在阿拉斯加州而宣告结束。当克里斯托弗的故事被大众知晓后，许多人评判他的选择不是一种自杀冲动，就是逃离现实的理想主义。然而，我能理解克里斯托弗的所作所为，并且发自内心地欣赏他。克里斯托弗没来得及写下一本书，或许他也没有意愿去写书。他热爱梭罗，并引用了梭罗的话："我到树林子去，是因为我希望自己有目的地生活，并且只去面对生活中的基本事实，看看能不能学会生活要教给我的东西，免得我在弥留之际觉得自己虚度了一生。我希

---

[1] 乔恩·克拉考尔（Jon Krakauer，1954—　），美国杰出的探险类作家、《户外》杂志专栏作家、登山家，著有《荒野生存》《进入空气稀薄地带》等。

望自己与世无争，除非出于万般无奈。我想深入地生活，汲取生活中的全部精髓。像斯巴达人一样坚强地生活，摧毁一切不能称之为生活的东西，用宽阔的手臂将其割裂并丢弃在地上。我要让生活处于区区一隅，使生活条件降到最低限度。如果说我的生活被证明是毫无价值，那我想把所有的痛苦勾勒出来展现给世界；如果相反，我的生活是崇高的，那我想通过体验来了解它，并在我的叙述中解释它。"

我有十年没有回大山里了。二十岁之前，我的每一个夏天都在山里度过。在城市里，孩子们在公寓里出生、成长，生活的居民楼下没有庭院和大路。大山对我而言意味着绝对的自由。我刚开始登山的时候，动作很野蛮，后来慢慢地变得自然起来，就好像很多不会游泳的孩子被成年人直接扔进水里，最后学会了游泳一样。八九岁的时候，我开始踩踏冰块，抚摸岩石。很快，我发现走在乡间小路上比走在所生活的城市街道要更怡然自得。一年中的十个月里，在城市的我被迫穿着得体、听从权威、遵守规则。而在山里，我摆脱一切、释放本性、感受自由。这种自由同在旅途中认识人，在夜里喝酒、唱歌、追求女人，和同伴扬帆起航去寻找巨大的宝藏都不一样。二十岁时，我深入地探索自己看重的一切自由；在而立之年，我却几乎忘却了独自一人待在树林、纵身跳下溪流、沿着山脊线奔跑后豁然见到一片天空时的那种感觉。那都是我曾经做过的事情，也是我最美好的回忆。长大后，我成了都市里的年轻人，这和小时候的野孩子形成了鲜明的对比。于是在我心中萌生了去寻找孩提时代的那个我的愿望。这并不需要离开，恰恰是一种回归；并不是去发现未知的我，而是去找到已经逝去、遥远而深刻的那一部分的我。

我存了一些钱，以便不工作也可以活上几个月。我试着去寻找远离闹市、海拔最高的房子。想要在阿尔卑斯山上找到一片宽阔的原始地带是不可能的，但也着实没有必要为了体验生活而前往阿拉斯加州。春天，我在离自己成长地不远的山谷里找到了一个合适的地方：一间由木头和石头建成的小房子，位于海拔一千九百米的夏季牧场，这里曾经是针叶林的天下。虽然从没在这个地方生活过，但我知道这儿的风景十分优美，因为小时候我曾爬过对面的山峰。这里距离最近的村庄大约十公里远，夏季和冬季山上会有不少人。在我到达的四月二十五日，这里空无一人。棕色的草地了无生机，仿佛仍在冬眠，草地上可以看到冰融化后赭石的颜色。背阴的山坡上仍白雪皑皑。我把车停在柏油路的尽头，背上行囊，走在崎岖的小路上，穿过树林和白雪覆盖的牧场，来到了一片除了因为我要居住被翻新可以使用的小屋外，其他已成废墟的小屋群面前。来到门口，我转过身去：周围除了树林、草地、被抛弃的废墟外一无所有；远处地平线边，遮挡住瓦莱达奥斯塔[1]的山脉面向大帕拉迪索山[2]；还有树桩中挖出的一口喷泉、一些干裂石墙的残骸和一条汩汩作响的湍流。这将是我会度过一段时间的世界。然而我并不确定，因为我并不清楚这里能为我提供什么。

1　瓦莱达奥斯塔（Val d'Aosta），意大利西北部的一个多山大区。
2　大帕拉迪索山（Gran Paradiso），位于瓦莱达奥斯塔大区南部。

那一天天空阴沉，寒冷刺骨，没有一丝阳光。我并不想让自己遭罪：如果我能在这上面找到更好的地方，我会留下来；但也可能遭遇比这更绝望的情况，在那种情况下，我会做好逃跑的打算。我带了书和笔记本，希望随着时间的流逝，能够重新提笔写作。但此刻我瑟瑟发抖，当务之急是套上一件厚毛衣，点燃柴火。于是我推开了门，走进我的新家。

春

独居和观察的季节

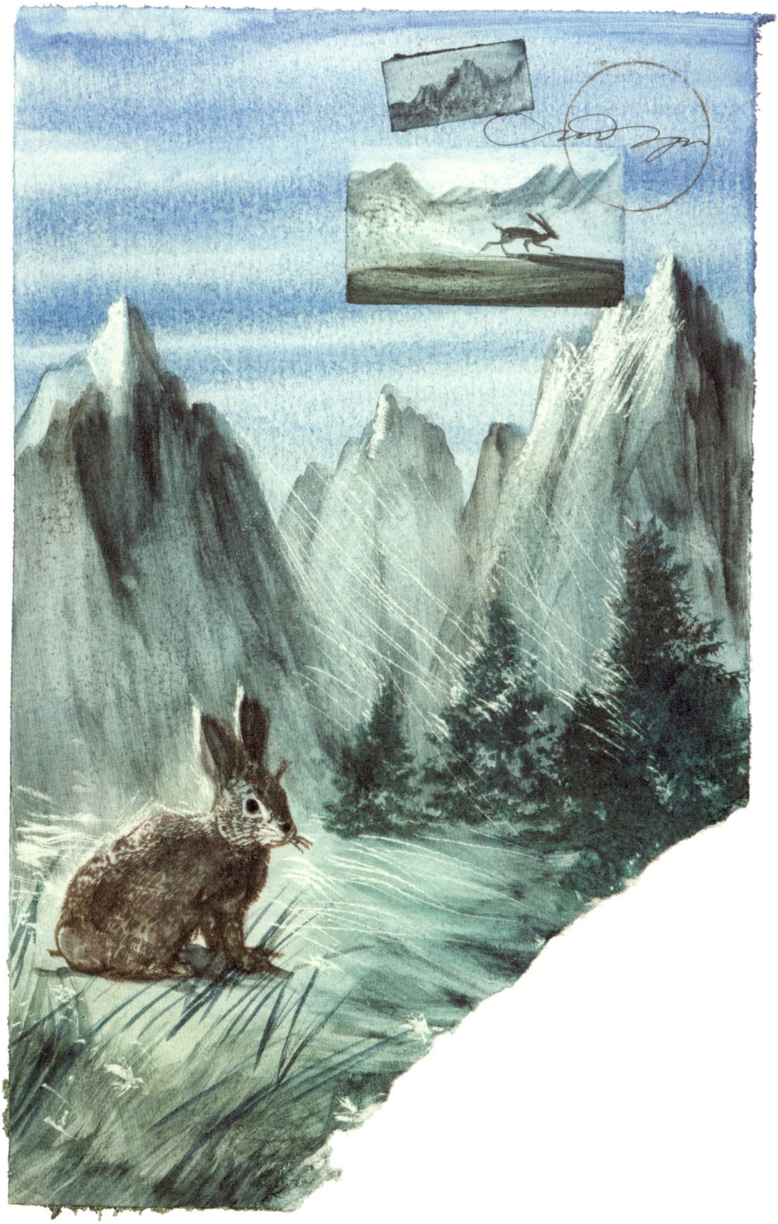

家

春天的四月,我租住的小屋里透着一种难言的感动。我打开尘封了许久的小屋,它长期被寒冷所侵袭,玻璃天窗上积压着厚厚的雪。我用手指掠过桌子、椅子和架子,上面覆盖着一层灰尘,就好像壁炉里没被打扫干净的灰烬一般。也许它在用这种方法感受时间的流逝?或者对它而言,冬天只是一瞬而已?我想起十年前离开大山出门前久久回望的情景。我闻到了树脂的香味,它让我感到安心,让我觉得重新回到了家,正是鼻子所闻到的这种气味,而不是眼前所见,让我体会到了归来的感觉。我问小屋:冬天很难熬吧?我想象着它在一月,气温下降到零下二十度时的夜晚被冻得嘎吱作响的模样。三月的它迎来苍白的阳光,墙面变得湿润,雪水从屋檐滴落下来。我想,如果说一所房子的宿命是有人在里面居住,当有人重新回到屋里，在房间里踱步，拿起柴火，点燃火炉，在厨房里洗手，那么房子应该会感到它的幸福。这样，当雪融化成的水同石头上的水重新在墙面上流动时，就好像树木有了汁液；当柴火重新点燃的时候，就好像身体有了血液一样。

在我特别喜欢的故事《我的四所房子》中，作者马里奥·利戈尼·斯坦尔[1]通过回忆居住过的房子重温了往昔岁月。这些房子并不都是真实的：有时候他一边住在房子里，一边又去想象这所房子；有时他笔下的是别人回忆中的房子。第一所房子已经不复存在：它是马里奥家有着四百年历史的一间老屋，在一战期间被摧毁。马里奥出生于一九二一年，是通过老人们的叙述才得以了解这所房子的。他很遗憾没能出生在这里，因为这所房子是他与家人和土地联系的纽带。这所房子带给他山里人特有的家园感，这种家园感无关国家，而是一种语言、事物的名字、地点的称呼、

---

1 马里奥·利戈尼·斯坦尔（Mario Rigoni Stern，1921—2008），意大利作家。

不同时节干不同的活儿，还有正确干活儿的方式。第二所房子真实存在。在这里，马里奥度过了童年。房子里遍布充满秘密的角落，就像我们孩提时代的房子一样。第三所房子是他想象的房子：一九四五年，马里奥被关进监狱。狱中，他找来纸和笔，靠着设计山上的小房子度过了忍饥挨饿的漫长日子。马里奥想象着房子建在人烟稀少的山上，他能像海明威《大双心河》中的尼克·亚当斯一样靠着打猎、读书独自生活，以此治愈战争带来的创伤。设计房子在很长一段时间里的确帮助他从绝望中走出来。第四所房子是马里奥亲自建造的，他在房子里生活了五十年。打开窗，可以见到一片树林，有蜂巢、菜园和堆柴间，狍子们在草地上吃草。在那里，"有我的妻子、我的书、我的画、我的酒，还有我的回忆"。

我想，住在自己亲手搭建起来的房子里，内心会是多么平和。然而我却没有这样的特权：我住的小屋不知是何时建成的。当地山民建造这座小屋是为了夏季放牧时方便住人和养牲畜。十年前小屋进行过一次翻新，增添了舒适的设备。房子里只有两个房间：楼下原先是个马厩，现在改为一个卫生间和一个卧室，卧室里有一个衣柜、一个屉柜和一个炉子；楼上有一个厨房、一把沙发、一张餐桌、两把长餐椅和一把椅子。自从房子建好后，墙上的石头并没有变化，触摸它们时，我多么想知道曾经有多少双手抚摸过它们，多少柴火的烟气、牲畜的气息、玉米粥和牛奶的蒸汽飘浮在它们身上。有时我会发现石头间有枚大钉子，或者是烧焦了一半的木头。这里曾经悬挂过什么？是谁把它们插进石头缝里？这是一所被幽灵充满的房子，但我并不感到害怕；在我看来，我是在同曾经居住在这里的山民一起生活。通过小屋的空间、事物的形状、让墙壁变黑的烟灰来了解他们已飘逝的人生。

我孩提时代度过夏天的房子是一八五五年建成的一家旅馆，但在我童年时代已经成了废墟。它位于村庄外山毛榉树大道的顶部和一条每逢夏季降雨期就会变得湍急的瀑布脚下。在外墙剥落的石膏上，一块牌匾记录了萨沃伊的玛格丽特女王曾在此停留的故事。那时，机械师的工作室仍是一个舞厅，屋顶上长满野草的露台还是喝下午茶的地方。这家旅馆一直运营到二十世纪三十年代，战争期间被德国人侵占，之后就被出售。五十年过去了，曾享有盛誉的它变成了一个破烂不堪的宅邸：现在一对年迈的姐妹住在里边，夏天的时候就靠出租房子挣点钱，其他的季节房屋都是紧闭大门。房子没有维护，也不供热，每到冬天就有新的损坏。一九八六年四月的降雪给这所房子带来惊喜：雪崩席卷了建筑物的一部分，整个边房被宣告为"危险"。第二年夏天，在仍然矗立的墙面上出现了大裂缝。年过一年，荨麻在无人问津的瓦砾堆里茁壮成长、欣欣向荣。于我而言，记得的不只是废墟，还有在七月初发现积雪的惊喜，那雪积得很高，又冷又硬，成了滑雪道。"夏天的雪崩"将永远存在。

从城市到乡村，我感觉进入了另外一个时代。曾经这座房子里有浴缸、搪瓷铁盆，厨房里还有一个用石头凿成的水桶。在我睡觉的阁楼天花板上刻着两个女孩子的名字：安杰拉和马达莱娜。我知道阁楼曾经被用来当作仆人的房间，那么安杰拉和马达莱娜是不是二十世纪初的两个女仆，她们服侍过哪位贵妇，她们晚上会聊些什么话题呢？我不知道房子是否有灵魂，但在住过的房间里我留下了一点我的：一九七九年之后的二十年里，一年中的两个月我都住在那里。二十世纪末，老旅馆发生了很大变化：出售、拆除、重建，成了一幢居民公寓大楼。那个地方，如同马里奥·利戈尼·斯坦尔写的，"现在只剩下了我的文字"。

看着小屋前牧场上的积雪，我想起了夏天的雪崩。尽管受到树荫保护，每天白雪还是会融化：雪水从草坪流下来，泥土露出黑色、潮湿的模样，草像被烧焦了一般。白腹黑背的鸟儿站在雪上啄着地。我拿出书来识别这些鸟，应该是高山雀："它们寻找昆虫幼虫。"书中还写道："当雪水融化，它们在岩石洞穴或房屋墙上筑巢。"事实上，已有两只高山雀在我房屋顶梁——位于梁和屋顶之间可以躲避风雨的黑暗角落里筑了巢。它们在草坪和鸟巢之间飞来飞去，当我坐在窗前的椅子上吃饭时，它们与我为伴。

午后，起了浓雾：深谷来的雾气在草坪和树林间升起，笼罩一切。我沉浸在这白色的雾气中，直到天黑。今夜没有月亮，没有星光。当我入睡时，夹杂着点点雪花的雨开始落了下来。

夜晚，躺下入睡。我并不适应这里的海拔，心脏比平时跳得快，就好像胸口有个鼓在咚咚敲响似的。与气味不同，人们需要花上一点时间去聆听声音，而不是迅速地去辨别新的声音。于是我睁着眼睛望着天花板，心想：这是壁炉里噼啪作响燃烧着的火炭声。这是老旧冰箱的发动机声。这是敲打在石屋顶上的雨滴声。那在大约后半夜三点，屋外的脚步声会是什么声音呢？脚步声就出现在房子周围，靠近大门的时候会停留一会儿。在城市里，我会本能地认为这是小偷发出的声音。在山上，运用最理性的思考，我说服自己，这个来访者只是一只在寻找食物的动物。但这并不太管用。整晚我都没闭眼，直到清晨的第一缕阳光升起，我才起床，把咖啡放在火上。

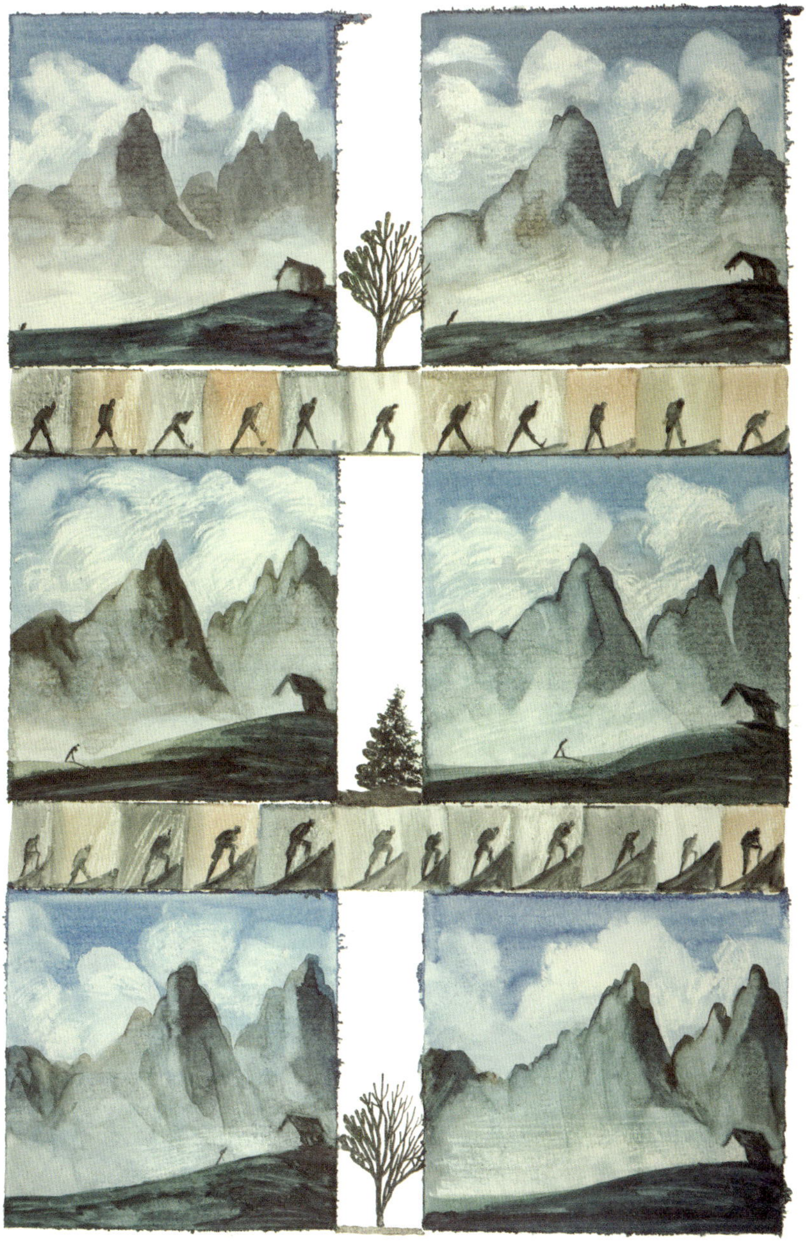

地形

雷克吕斯是十九世纪的无政府主义地理学家,他长期坚持自己的想法,曾写道:"从海岬、深谷、山坡上看去,山的风景展现出崭新的轮廓和别样的风貌。山是山脉的总称,就如同海中的浪花,每一波浪花都由无数朵不规则的小浪花组成。要掌握整座山的结构,就有必要对它进行研究。你可以走遍它的各个方向,爬上每个斜坡,穿过最小的峡谷。像所有的东西一样,对于那些想要完全了解它的人来说,大山是无限的。"

我怀揣着这种精神,开始了探索,从小屋前的路出发往上爬,看看它到底通往哪里。穿过有着光秃秃的高大树干的落叶松林,我时不时也能在其中看到个头更小的绿色冷杉树。再往上,树木就越来越少:在阳光照耀下的牧场上,第一批番红花已发芽,从南到西的斜坡方向,却是白雪取代草地的另一番景象。雪水到处喷涌，好像整座山都被浸透了一般。从石头上的洞，到落叶松裸露的根部，雪水形成了浑浊的泥流。在小路向北弯曲的地方我陷入了雪中，雪一直没过臀部。我从洞中出来，决定往回走，像雪人一样一边喊着，一边跳着回家。我从未自言自语，但喜欢高声歌唱，我爱唱情歌，唱山林之歌，唱赞美诗。在大山中待了将近一个星期，没见到过活着的生物的我只能用歌声陪伴自己。

我曾以为孤独感会随着时间的流逝而增加，然而事实却恰恰相反；通过几天与世隔绝的生活，我发现有许多事情要做：翻看这个区域的地图，区分动物和花朵，采集林中的柴火，用云杉树的树脂做实验，清理小屋附近的草地。白雪融化后给我带来惊喜：旱獭的颅骨、户外烧火后留下来的煤炭、拖拉机开过后的车辙印。刚从冬眠中醒来跑出洞穴的小老鼠给了我信心：如果它们在白雪下生活了六个月依然能活蹦乱跳，那么阳光下的季节也将是孩子们游戏的时节。

循着地图，我先是观察房屋外的事物，随后是周边的地况。我持续不断地探索与阅读,去发现那些考古遗迹和一些不确定的猜测。原来,我生活的地方是一个叫作"冯塔纳"的小村庄。现在,排成一排的四间小屋中的第一间被我租住着。小屋朝南,位于一条无名溪流穿越的小山谷顶端。曾经,当那些高山牧场还能运作时,一年四季,一条山路从有人居住的村庄一路通往牧场。这条山路被挖在地里,以干石墙为界,防止经过的野兽入侵牧场。现在仍能看到这条路的一部分:宽一米的路堑通向树林,紧邻古代牧民用锤子和凿子凿方的白色石头堆。村庄下的溪流很短,没有名字。我用脚步丈量,还没走一百步就到了尽头。小溪的源头是牧场中间的泉水,往下流直到汇入另一条溪流中。它在细砾石上流淌,反射出白光和蓝光,与河床十分形似。小溪旁的每间小屋都有一座用石头搭成的建筑,这是奶窖。当时的人们在挤完奶后就从这里取走牛奶:流动的水将牛奶冷冻,产生奶油,然后再加工成黄油。如今我居住的小屋奶酒窖已被电动泵取代,泵从溪流中取水并输送到房子中。尽管我像城里人一样打开水龙头,根据喜好调成热水或冷水洗手或饮用，但我总会想这水是从溪流中来，是从草丛中间白色和蓝色的细砾石上来。到了晚上，感觉水龙头中的水像是沾染了霜一样冰冷。

几个世纪以来，我生活的这片土地泉水丰富，阳光充足。后来，人们砍伐树木，清理沙石，为了耕作田地、放牧牲畜，开垦起需要的土地，之后又建造起了滑雪场。到了五十年代，很难在这片土地上找到一棵树或者一只野生动物：我看过老照片，照片中耕地的海拔已经到达了不可思议的高度，整座大山被精心照料的草地所占领。二战期间，土地退耕，树木再次成为这片土地的主人。大约五十年前，小屋附近重新种上了树：这些落叶松相当年轻，个头差不多大，稀稀疏疏的，根部还长出了杂草。最后，在七十年代和八十年代之间，为了给跑道留下足够的空间，人们砍掉了一部分的树木。这些跑道如同雪崩一样，砍断了大山的身躯。如今的山上变成了这样：出现了设备塔架，崎岖不平的斜坡被铲得平平坦坦。

为什么我对这段历史如此感兴趣呢？因为我需要

告诉自己一个很简单的事情：我身边的景色，如此纯粹、原生态，有树木、草地、小溪，实际上都是几个世纪来人类的劳动成果。这是同城市一样的人工景象。如果没有人类，这片土地也不可能是现在的模样，不会有溪流，也没有高大的树木。即使是我躺在阳光下的牧场，曾经也是一片茂密的森林，被树干和树枝、苔藓覆盖的石头和树林下厚厚的杜松、蓝莓和错综复杂的树根覆盖，密不透风。在阿尔卑斯山上不存在真正的荒野，因为人类存在的历史十分悠久。今天处于一个废弃的时代：有些地方遭受文明的死亡。对我而言，我为在被灌木吞没的废墟中发现一棵在很久以前播种后成长的树而欣喜。但这不是我的故事。我梦见狼和熊能够重新回到这片树林，我的根不在山上。同样，对大山来说，摆脱掉人类于它而言根本没有任何损失。

如此一来，我的探索便显现出了调查的特征。我试图去阅读关于这片土地的故事，同时还不那么诗意地收集垃圾，有时是一只半埋在粪堆里老旧又腐烂的木桶，有时是一把生锈的锁。激发我兴趣的是人的故事：比如为什么我小屋后面的那所房屋一侧有扩建？也许是因为当时农场运转得很好，牧场主需要一个更宽敞的棚舍？这个扩建的小屋是最大的，也是最简朴的，有着小小的窗户，用三张并不连在一起的桌子充当阳台。第三间小屋方向颠倒，大门是朝北开的。这应该也有一个很好的原因来解释它为何舍弃掉阳光：也许是为了结束房子边界问题带来的无休止争吵吧。第四间小屋保存得最好，可能是建造得最晚的一间。它拥有一个小阳台，曾经的主人试图在上面弄了些装饰，窗户上有玻璃，甚至外墙还抹了灰泥层。粗糙的灰浆混合物，到处是这样那样的凸起，是我喜欢的肮脏白。小屋外还带有两道已经歪了的栅栏，用来圈养鸡、兔子等家禽。因为这座村庄朝山坡向上延伸，位于颠倒小屋上方的肮脏白小屋、颠倒小屋、有大棚舍房屋和我的小屋就独占着一览无余的风景。

　　看着这些景象，有时我会问自己：真的存在一个年代，有人在冯塔纳村庄里生活过吗？我使劲地去想，但在山上儿时的我只看到已经是废墟的一片残垣断壁。我的印象是，山上出现的一切都是一堆不能重新组合的碎片。你只能将它放在手中转动，然后猜测是用来做什么的，就像我翻动一块石头，在下面找到一个木制的把手、一枚弯曲的大钉子、一堆纠缠在一起的铁丝和一把生锈的铁锹一样。

虽然有些令人发笑，但每间房屋确实都有属于自己的门牌号码。在某一时刻，市政官员担负起记录所有建筑物的责任，因此即使是大山上的废墟也曾拥有一个门牌号。我的小屋是一号。我想，有一天下山时，可以给自己寄一张明信片，地址就写冯塔纳村一号，然后回到小屋，等待邮差沿着小路找到我。有大棚舍的小屋是二号，方向颠倒的小屋是三号，肮脏白小屋是四号。但这些屋里只住着睡鼠和獾，我常常听见它们跑动的声音。我是唯一的人类，就像鲁滨逊在荒岛上自称"我是这片土地的绝对领主，可以自称是所有土地的国王或皇帝"。与此同时，我代表着村里活着的居民，我是废墟中的居民、高贵的土地所有者、忠诚的看门人、旅店老板、酒鬼、法官抑或傻瓜。在我的脚下有如此多的我，所以有时候夜晚我会去树林里散步，只是为了独自待上一会儿。

雪

我在五月中旬的一个早晨醒来,外面下起了雪。草坪上的紫罗兰花正在盛开,但中午时分四周便是白茫茫一片,什么都看不清。和夏天一样,闪电和雷雨把冬天带到了那里。我一整天都待在家里,点燃炉火,时而看书,时而望向窗外,并丈量起阳台上积雪的高度:五厘米、十厘米、十五厘米。我想知道之前观察到的花朵、昆虫和鸟类怎么样了,为它们的春天被打断而心生不满。我在利戈尼·斯坦尔的叙述中找到晚雪的分类:三月是燕子之雪,四月是布谷鸟之雪,最晚的是鹌鹑之雪。"一团乌云从北方下来,一阵狂风伴随着急速降温,这便是五月之雪。它只持续几个小时,但足以吓坏巢中的鸟儿,杀死在蜂巢外的蜜蜂,给正在等待分娩的母狍子带去焦虑。"

夜里七点,天空变得明朗。日落前,太阳从云层中透出光来，白茫茫的天空变得十分刺眼。我穿上风衣和山地鞋，出门遛弯。雪地上，我发现了不同动物的脚印：一只野兔的、一对狍子的、许多只鸟儿的，还有其他认不出的。发现这些来来往往的足迹让我十分惊讶，而当我在家时，却时常因为独自一人而饱受孤独的折磨。这些动物一直在那儿观察我，探测我，留意我的一举一动；可我却没有一双发现事物的眼睛。我从窗外望向树林，什么都没有看到。我想，随着时间的流逝，自己能否学会接近它们，或者它们会不会渐渐地信任我。现在，我只能追踪脚印，出于好感，我选择追逐野兔的：它们的脚印从崎岖山路旁的杜松丛中开始，呈现出一跳一跳的 V 字形。让我惊讶的是，它们一路跳往通向小屋的路径。这些兔子在年老的落叶松附近转上一圈后，前往喷泉前喝水，甚至跳上我放在草坪上的桌子。桌子上只留下一个脚印，这意味着野兔只需一跳就能上桌，一跳便能下来。我想象着它环顾四周，分辨我生活痕迹的模样：一会儿看看壁炉的烟火和修枝的钩刀，一会儿瞧瞧堆柴间旁挂着的锯子和阳台上挂晒的毯子。最后兔子越过木栅栏，往小溪方向跳去。在这些足迹上面没有覆盖其他的雪：当我追随它的时候，它也回来看到了我。

下雪期间，我听到了一声巨响，就像很近的雷声。前往树林检查时，我发现了一棵倒下的落叶松：树干从一米多高的地方断裂，不规则的断口有一两米长。看着那棵躺在地上软弱无力但依然活着的树，我有一种奇怪的感觉。长着新芽的树枝沉入雪中，似乎能听到它如动物般发出的痛苦、濒临死亡的喘气声。正是上个月长出来的这些新叶背叛了它：冬天，光秃秃的落叶树上积雪很少，而现在针叶上积满了大量潮湿、厚重的雪。因此，在霜冻中存活下来的落叶松在五月的最后这次意外、致命的雪中低头屈服了。

当我在这棵树旁走动时，发现有一只小鸟正在雪中艰难地移动，很有可能它就是从这棵树上的鸟窝里掉下来的。我抱起它时，它试图在我手中扑腾翅膀，而后很快安静了下来，也许它是因为害怕才一动不动？究竟是什么原因让它保持平静就不得而知了。我十分感动，因为手中的这只小鸟是这些日子来我接触到的第一个生命体，可我并不知道接下来等待着我的是一场无法逃避的葬礼。我感受到手中小鸟急速的心跳和它的小爪子触碰在皮肤上痒痒的感觉。我对它说：一切都会好的，你安安静静的，接下来我会照顾好你。回到家中，我在鞋盒底部铺上一块布，把它放在里面。这么小的鸟儿该吃些什么呢？外面下着大雪，我无法为它找虫子，不如试着喂它面包屑；很开心的是，它似乎愿意吃。在成功喂了它两块面包屑后，小鸟入睡了。可原来饥饿和困倦只是生命存活着的假象。当我再次看它时，它正躺向一侧：以一种极不自然的姿势呼吸，但完全睁不开眼睛。天黑之前，小鸟就死了，我把它放在了倒下的落叶松旁。也许在夜里，它会成为狐狸或乌鸦的晚餐。但我觉得，把小鸟留给这些动物当食物而不是把它葬在洞里是一个更加正确的决定。

第二天早上，我一边喝着咖啡，看着在第一缕阳光照耀下慢慢融化的雪，一边思念着昨晚那只死去的小鸟时，我看到有人从小路上走来。我站在门槛上迎接他，他怀着激动的心情跑向我。我很难描述在度过绝对孤独的一段时间后看到有人来拜访时的感受：虽然我只度过了两个星期，但看到那个男人朝我过来时我的心脏开始飞快地跳动。那是房子的主人雷米焦。他过来看大雪有没有给我带来麻烦，屋子里是否还有足够的柴火用来取暖。不知道他是如何看待我在山上的生活的；在唯一一次的见面中，我告诉他我正在写作，到山上正是为了写作。当时，雷米焦并没有很惊讶。寒暄几句后，他握紧我的手，交给我小屋的钥匙，就好像小屋不是他的一样。

那一天恰恰相反，雷米焦显得十分健谈。我邀请他进屋喝咖啡，彼此聊了好一会儿。当他看到我带来的书后，我发现他是一位很好的读者：我们谈论了埃里·德·卢卡[1]和毛罗·科罗纳[2]，还一起翻阅了关于野生动物和森林树木的手册。最后我借给他与我人生密切相关的利戈尼·斯坦尔写的故事集。正是这些故事

---

[1] 埃里·德·卢卡（Erri De Luca，1950— ），意大利作家、剧作家、诗人、译者。

[2] 毛罗·科罗纳（Mauro Corona，1950— ），意大利著名作家、木雕家、登山家，出版过《貂之舞》《山林间》等十几本书。

陪伴了我在山上最初的日子。雷米焦专心地听我讲述。当他和我交谈时,他会精心挑选一些词汇。他约莫四十岁,晒黑的皮肤和银白色的头发形成了奇怪的反差——看上去他就像是一个既年轻又年迈的男人。了解他之后,我对他留下了好印象。

晚些时候,他带来一把电锯,我们一起把那棵倒下的落叶松锯成一段一段。前一天的白雪只剩下阴影处的些许雪渍。我们把锯开后的树桩靠在面向西面的小屋墙上;我平静地把树桩劈开,让它们慢慢变干。如果夏天的阳光足够好,一切进展顺利的话,九月我就会有好柴火烧了,或许还会有朋友来与我一同分享炉火的喜悦。

菜园

储备柴火后,我想做另外一件事。这个想法在我脑海中盘踞已久,直到与雷米焦相遇后,他给了我决定性的动力,我才开始着手干起来。一个五月底的早晨,在等待雷米焦去拿工具的空隙,我制作了一张长凳:我从山路上搬来了两块大石头,又在它们上面放了块在树林中找到的木板。这木板因为风吹日晒变得灰白,突出的纹理如同老人的皱纹。随后,我坐在凳子上阅读《瓦尔登湖》中关于豆田的场景:"这一桩赫拉克勒斯[1]的小小劳役,干得这样卖力,这样骄傲,到底有什么意思呢,我还不知道。我爱上了这一行行的豆子,虽然它们已大大超出我的需要。它们让我爱上

---

[1] 赫拉克勒斯(Ηρακλής),古希腊神话中最伟大的英雄。是主神宙斯与阿尔克墨涅之子,因其出身而受到宙斯的妻子赫拉的憎恶。他神勇无比、力大无穷,后来他完成了十二项被誉为"不可能完成"的任务。

土地,因此我得到了力量。可是为什么要种豆呢?只有天晓得。整个夏天,我都这样奇妙地劳动在这块大地表皮上。以前这里只长洋莓、狗尾草、黑莓、甜蜜的野果子和好看的花朵,现在它也能生长豆子了。我从豆子中能学到什么,豆子从我身上又能学到什么呢?我珍爱它们,我为它们松土锄草,从早到晚照管它们;这算是我一天的工作。"

我被梭罗的话深深吸引,不禁观察起一直延伸到山下溪流的牧草地来。最后,我发现在喷泉下面刚好有一块不错的土地,放牧人每年都会给它施肥。那里从早上九点到晚上八点都有阳光,几步远的地方就有水源,用来灌溉最好不过。我似乎已经看到了红色的番茄、黄色的南瓜花,迫不及待地想开始农民生活。

雷米焦很快浇灭了我美好的想象。他告诉我,不要考虑种水果,因为那里已经长满了各种蔬菜叶子:莴苣、卷心菜、青菜、菠菜等等。如果幸运的话,我还能种些生长不良的胡萝卜、小萝卜、花菜和韭葱。种什么都一样吗?我告诉自己:"是的,都是一样的。"随后,我人生中第一次开动了电动锄头:这是一个带有马达，大小同除草机一样的小犁头。它的刀身进入土里几十厘米，翻转并粗鲁地轧碎土块。我用这种方式犁了二十四平方米的地。

这只是刚开始的艰辛。等我把表面的土碾碎后，接下来还需要用锄头和耙子松动下面的土。挪开石头，除去植物的根后，我发现那些柔弱的花朵下长着庞大而坚强的球茎。这些球茎隐藏在很深的地方，以便在寒冷中生存。我用手揉碎最结实的土块，前往村子买蔬菜苗。为了保护这些小苗不被狍子毁掉，我用四根落叶松小桩做成木栅栏，并在木栅栏四周围上了结实的网，开始幸福地畅想我的小菜园。当我坐着欣赏菜园子时，梭罗的声音消失了，取而代之的是德·安德烈[1]《弹奏家琼斯》中的乐符。其中有一段唱道："在耕种的田里，自由睡着了。"突然，那六块刚耕过的凸起土地好像成了坟墓，我的自由埋葬于此。这里是狍子的自由，甚至是草地的自由，但不是我的自由。我感到有些失望，把锄头和耙子放到一边，拿起手杖，步

---

[1] 德·安德烈，全名为法布里奇奥·德·安德烈（Fabrizio De André, 1940—1999），意大利唱作者和诗人。

行离开了。

我登上本不会去的更高地方。某一时刻，我放弃走小路，因为位于阴影面的山坡仍有积雪。四周没有人烟：低矮的雪堆、即将落下的雨、冰冷的风让郊游者避而远之。往下走入一片冷杉树林，希望能穿越它。不一会儿，我登上山谷的向阳面，那里的斜坡上没有积雪。树林最深处，我发现了一座小木桥和有着十几座房子的溪边村庄。这些房屋的屋顶都是漏的，面向山的墙壁变形成一块巨大的石头，随时都有倒塌的可能。战胜了被抛弃感后，我走进其中一间小屋。在唯一的房间里，有一张木床、一条长凳和一张瘸腿的凳子。有一些新的东西留在地上：肉和沙丁鱼的罐头、酒瓶子、破烂的衬衫和临时驻扎在这里的牧民们随意丢弃的垃圾。空气中充满了难以忍受的霉味。我走到户外，感到轻松了一些。

继续往坡上走，一直到了山顶。在山的另一侧，我终于看到了之前听说过的湖泊。湖面上结着一层冰，周围被白雪包围，时不时能看到几块岩石从陡峭的湖岸边冒出尖儿来。我原本想着到湖边去，但从上面往下看，冰冷的湖面位于阴影处，这让我改变了主意。于是，我躺在地上，就这样待在山上，把手放在脖颈背后，望着天空中雨做成的云。在两朵云之间，一道口拉开来，露出蓝色。两只鹰在山峰周围飞翔，也许是在捕捉五月份刚诞下的羚羊和北山羊仔。乌鸦盘旋在荒芜的牧场上空，发出卑贱甚至有些可怜的叫声。它们在寻找腐烂的食物和冬天死去的啮齿动物的残骸。

　　随后，两只鹰互相靠近，往下飞一点。我看清它们并不是一对儿。其中一只是成年鹰，另一只是幼鹰。成年鹰一直在重复一个精准的动作：在上升气流的支撑下于半空中一动不动，然后突然收起翅膀，身体横向旋转着，最后不受控制地俯冲下去，好似一名杂技飞行者。下降几米后，成年鹰展开翅膀，控制自己的降落，借着气流，又飞回到原先的高度。幼鹰认真地观察着，我想等会儿该它出场了。也许成年鹰是幼鹰的妈妈或爸爸。

回去的路上，天空开始下起了雨，雪融化成水。这本该是个出去散步的理想天气啊。当我的双脚浸泡在水中，湿漉漉的头发被冷风吹着时，至少我的好心情在慢慢恢复。我进入一片满是旱獭的林子里，那里充满林中的风声和旱獭四处乱跑的声音。其中有一只旱獭特别勇敢，当同伴们跑开躲进第一个可以藏身的洞里时，它却在洞口徘徊，看着我。于是我慢慢靠近它，尽量不做出太大的动作。当离它还有三米远时，它钻进了洞里。我停下来，放下手中的手杖，小心翼翼地坐在一边。我想为它唱首歌，因为它一整天都在我的脑海中，我选择了德·安德烈的歌词："在尘埃的旋涡中，其他人看到了干旱；我则记起了多年前舞会上珍妮的裙子。"

只唱了两句，我就看到旱獭的鼻子从洞中冒了出来：它听着我，闻着我，试图分辨我到底是哪一类的敌人。我继续歌唱："感到我的土地舞动乐章，那是我的心；为什么仍要耕种它，如何更好地思考呢？"

这只旱獭时不时地过来，但更多的时候是站在那边看着我：这是谁？他在做什么？"我看到自由睡着了，在耕种的田地，在天空和金钱中，在天空和爱中，被铁丝网所牢牢防护；我看到自由醒来，在我为了舞蹈着的女孩，为了醉酒的伴侣演奏时。"

我为这只旱獭唱了三遍歌，它每一遍都听了。然后我起身，它很快地躲了起来。我拿起手杖，朝着山下的菜园走去。

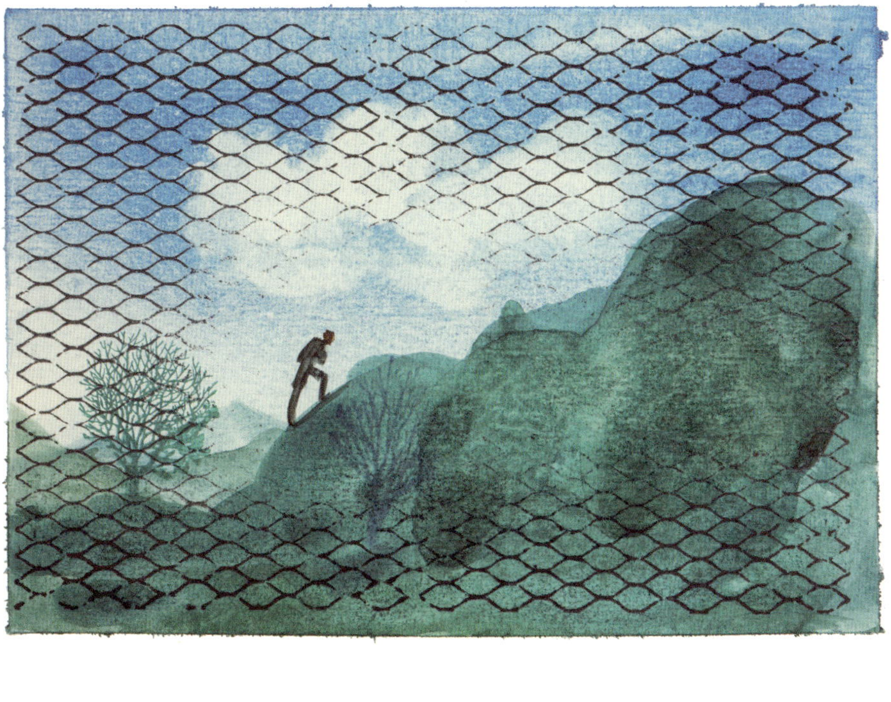

夜晚

依然睡不好。虽然过去了一个多月，我仍会在夜晚警觉地醒来。眼睛虽看不清楚，耳朵却格外灵敏。它们专注地聆听着木头发出的每一次吱嘎声和门外的每一个窸窣声。我难以同黑暗相处。小时候，每当夜晚来临，我就如临大敌，十分害怕。搬到城市居住后，街上的路灯与我做伴：房间的窗户对着车水马龙的街道，因为镜面反射，车灯在天花板上闪动，与此同时还有黄色信号灯光、蓝色救护车灯光和深夜药店的绿光在闪动。时常也能听到警报声、汽笛声，以及高亢的鸟鸣声在流动的河水边响起。楼下的生活让我安静，充满生活气息的声音陪伴我入睡。

在小屋里，童年的恐惧再次袭击我：当月亮落下，夜幕降临时，死一般的寂静让听着每一个声音的耳朵饱受折磨。我能听到水流过喷泉的声音；风吹过落叶松林冠的声音；狍子在树林里的叫声——它的声音同我想象的羊叫声不同，更像是一阵沙哑的咳嗽；发不出声音的狗的吠声。虽然它们是猎物，我是猎人，可在夜里的床上，一切颠倒过来，它们成了我的猎人。对我而言，早上五点的阳光是一种解脱：鸟儿开始歌唱，生活再次流淌人间，我终于放下了警惕，如同值完夜班的警卫，我被阵阵睡意袭击，很快入睡。再次醒来时，已是晌午。

一个晚上，我穿上两件厚毛衣，装满一壶酒，取了睡袋，决定去露营。这是一种休克疗法。九点时，我在崎岖山路上的墙边点燃了火，磨尖几根柳树枝，把香肠片穿进磨尖的柳树枝开始烧烤。我把一种用水和面粉制作的酥脆小饼作为面包食用。一切就绪。现在，在篝火前的是一顿美味的晚餐。我从柳树枝签上取下烤熟的香肠，夹在小饼中，吃上一口肉，喝上一口酒。十点的时候，天已经全黑，我铺开睡袋，钻了进去，可我并不困。于是我坐在帐篷中，用在树林里收集的木头烧火，一边喝着酒，一边看着木头在火中燃烧。

在那个奇怪的夜里,我的脑海中浮现出一个很久以前的夏夜。那个夜晚,一切从我和父亲、叔叔光顾的乡村酒吧开始。晚饭后,父亲说,他曾经为了看山顶的日出,摸黑爬过那边的山。从村庄到山顶大约有两千米,徒步需要四到五个小时。叔叔说:"那还等什么呢?咱们走吧!"当时,父亲和叔叔正喝着烈酒,我正值需要展现勇气的十四岁。于是,我和他们一同前往。半夜,我们走入一条小道。我们在旅途的第一个小时里,在植物根系和石头间磕磕碰碰地走着,一边大笑着,一边咒骂着,用仅有的一支手电筒为彼此照明。到了树林尽头,俩兄弟的酒劲消散了。他们不再说话,只是呼呼喘气。刚喝的酒让他们口干舌燥、四肢无力,但是没有人愿意当第一个说要回去的人。走了一大半路,大约是在后半夜三点,牧场中突然传来管风琴的声音。我们很快就看到从一扇小窗透出的微光。谁会在后半夜三点位于海拔两千米的小屋里演奏管风琴呢?我们感到又冷又累。父亲和叔叔为了不吓到演奏者,决定不敲门,而是采取了大声歌唱的方式来表明自己的存在。即使是在那样的情况下，他们两个依然保持着学生时代的精神。在小屋门口，他们俩的歌声与管风琴的声音俨然成为阿尔卑斯山的合唱：两段歌曲后，音乐停止了。一楼的灯光亮了，房子的主人出来开门。他约莫六十岁，见到我们一点都不开心。很显然，他并不需要有人陪伴，但还是努力显示出热情好客的模样：他为我们准备了热茶，借给我们两支手电筒，但并不愿意同我们说话。祝愿旅途愉快后，他便把我们送到了门口。走在山上的小路时，管风琴声再一次响起。最后我们终于到达了山顶，但我已全然不记得日出的情景。我当时在想，那位神秘的演奏者会是谁呢？他是如何把管风琴带到山上的？也许他也是个没办法与黑夜好好相处的人吧。如果他不是山上的疯子，那就是一个特立独行的人。此刻，面对着柴火，我也想要弹奏乐器。一把吉他或是一个口琴都可以。这和独自唱歌可不是一码事。

一阵难以描述的困倦之后，我睁开眼睛。过去了半小时，还是一个小时、两个小时？天空中，月亮已经升起，火堆前除了一堆仍在发光的灰烬外，什么都没有留下。我闻到了灰烬和潮湿土壤的气息，口中是葡萄酒的酸味，睡袋背后已被露水浸透。于是，我起身，前往喷泉边洗脸，夜里冰冷的水很快就让我清醒过来。我不确定是该回去睡觉，还是重新把火拨旺，等待即将到来的日出。这时那种展示男子汉气概的精神又出现了：如果我需要战胜的敌人是自己，那么退出这次比赛，回到小屋的床上，才是真正的胜利。

坐在小屋台阶上想着该做什么时，草坪上突然传来些许动静，我将目光投向刚才睡觉的地方：在睡袋旁边，可以清晰地看到一只狐狸的身影。它有着尖尖的鼻子，直立的耳朵，同身体一样长的厚尾巴。它没有发现我，用鼻子在火堆周围寻找晚餐的残羹。我一动不动，希望不要被它发现。月光落在草地上，冷冷地照亮一切。狐狸拨了拨火炭旁的土，舔了舔一块从我嘴边溜走的肉（或许只是凝固了的脂肪）。也许是一阵突然到来的风带去了我的气息，狐狸抬起头，看到了我。它的眼中反射出余烬的光。在房子的阴影下，我只是一团黑漆漆的东西，它花了不少时间来辨认我。

我和它之间的目光似乎被无限地放大。狐狸不再害怕，也许它已经在很多个夜晚熟悉了我的气息。它不紧不慢地离开，消失在黑夜之中。我收起睡袋，放在木栅栏上晾干，随后躺回到人类睡觉的床上。

梭罗曾写道："大部分时间，我觉得寂寞是有益健康的。有了伴儿，即使是最好的伴儿，不久也会厌倦和难以忍受。我热爱孤独，没有比孤独更好的同伴了。我们中的许多人置身人群中，大概比独处室内更加寂寞。总是在思考和工作的人往往独自一人。让他爱在哪儿就在哪儿吧。孤独不是用一个人和他同伴的实际里数来衡量的。

"社交往往廉价。我们经常见面，却来不及让彼此获得任何新的、有价值的东西。我们一日三餐见面，让对方尝尝发霉老奶酪的口味。我们必须商定称之为教养和礼貌的一系列规则，以此来忍受这些频繁的相见，避免彼此间的冲突。我们在邮局里、会议中和壁炉前见面，熙熙攘攘地生活着，互相牵绊，也互相妨碍。在这样的生活方式下，我们失去了互相的尊重。

"我曾听说有人在森林迷路，又饿又累，最终倒在了一棵树下。因为独自一人，他产生了奇怪的幻想，这缓解了他身体的痛苦。同时，身体的虚弱使他坚信自己所看到的一切都是真实的。即便身心健康强壮，我们也同样受到大自然的青睐。有了大自然的陪伴，我们便会发现，自己并不孤独。"

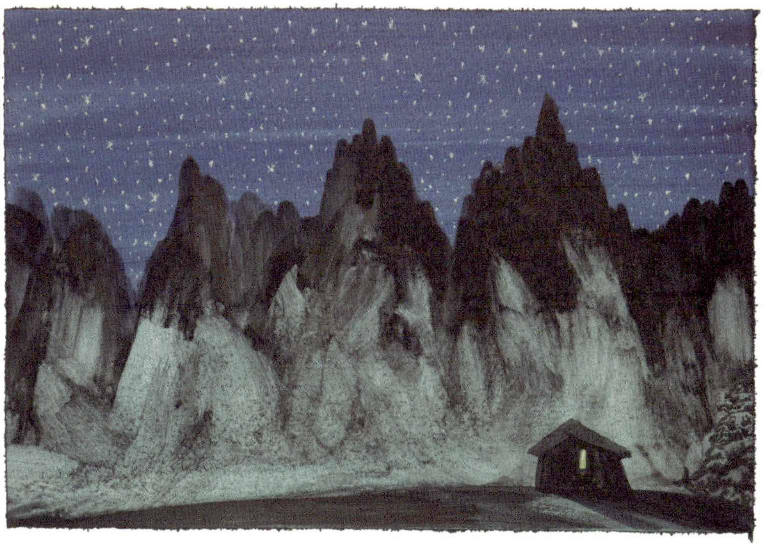

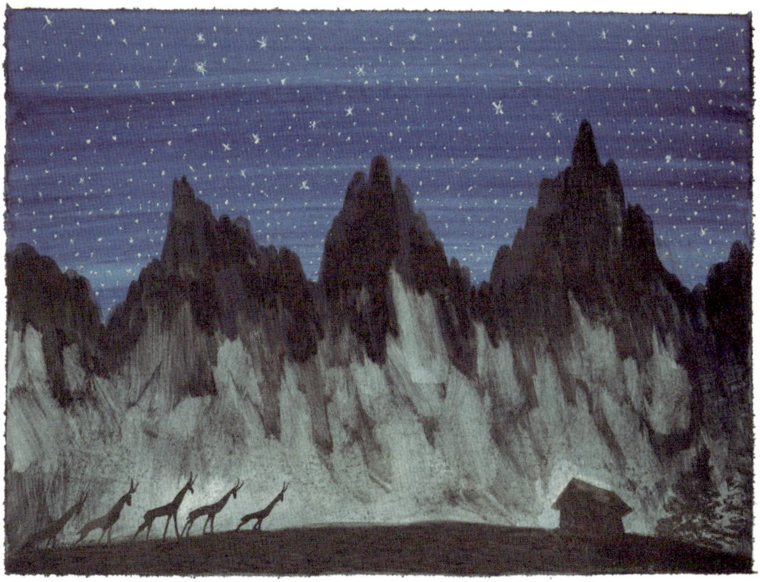

邻居

六月，牧民们到来，我独处的生活发生了改变。他们开着运输牲畜的大型卡车和载重汽车上山，这些车一整天都出现在路的尽头。也许是因为一路的紧张，也许是因为见到开满花朵的草地激动不已，奶牛们从车子的滑槽上飞奔下来，互相用角触碰对方，完全无视牧场的边界，跑进茂密的杉树丛中躲藏起来。牧民们任由它们如此胡闹。尽管有机动车来帮忙畜群的转场，老人们仍然穿着天鹅绒背心，戴着毡帽，这在年轻人中已经不时兴了，他们爱穿的是一种防水的长罩衫。每个人都望着地平线上的山脉，仿佛需要再次适应这样的景色。这是一次全面的转场：牧民们将在山上度过比冬天更艰难的四个月的生活，家人和牲畜也会一同前往。但他们的动作中洋溢着快乐与幸福。他们经常一边笑着，一边用方言交流。也许是牲畜的快乐感染了牧民们：对于牧民而言，夏天在高山牧场上放牧就如同回到了家、回到了童年或是开始了真正的工作。

在那些日子里，除了无尽降雨的云朵之外，我还能观察其他事物。离小屋不远的山谷另一侧，有一个在牧场主到来之前我一度认为是被遗弃的牧场。六月初，黄色蒲公英开始开满整片牧场。如果一大早醒来，就可以看到一位年迈的牧民在调整牧场的边界，他每天用桩子推进几米，以便丈量出草坪的面积。不久之后，另一个年轻的牧民打开牛棚门，七头小牛和三十来只成年母牛从高高的草地上冲下去。它们几乎都长着褐色斑点，听命于一些更敏捷、肌肉更发达的黑色斑点母牛。晚上的草坪则显得空空荡荡。当我准备晚餐时，牛棚中传来急促的牛叫声：门前出现了三到四个钢桶。之后，一辆越野车将这几个桶送到乳品厂。一天就这样真正地结束了。

对我日常生活影响最大的是狗狗们。我丢给它们奶酪皮吃，它们每天都来找我好几回（说实话，即使它们不是山里居民们养的,我也会用饼干代替奶酪皮喂它们,这些饼干我称之为"朋友的饼干")。狗狗们的脖子上挂着铃铛,可以听到铃铛声从很远的地方传来。它们内部存在等级制度,其中一头总是待在牧场,另外两头可以自由地玩耍,直到它们需要完成将牲畜带回牛棚的任务。在年轻牧民的召唤下,这两条狗发挥着团队作用:它们包围牛群,在懒散的奶牛周围露出锋利的牙齿狂吠,有时还需要追赶没有纪律的牛,直到把牛群安全送到家。它们在工作中的表现就像精彩的演出。

从牧民的叫喊声中我得知它们的名字:老黑、比利和兰波。老黑是黑色藏獒,年纪最大,后腿的两只爪子上长着六个脚趾,右边的耳朵不知在哪一次争斗中被撕烂。这就是为什么我不叫它老黑而叫它老缺的原因。很明显,老缺处于职业生涯的最后阶段:比起看管奶牛,它更喜欢待在冷杉树的树荫下,或是懒洋洋地跟在其他动物后面跑。比利是一条孜孜不倦工作的狼狗,所以我同它很少见面。当它来到我身边时,它似乎感到内疚:吃一口意大利腊肠后就立刻跑开,很少让人抚摸。兰波是一只边境牧羊犬，对投向远处的落叶松树枝充满热情。它喜欢挠耳朵，在我手上留下牛棚的气息。兰波正在学习新技能，它是一位初学者，有时在学习新技能的基础上结合之前所学的内容。一天早上，下起了倾盆大雨，七只小牛一起跃过高高的草丛，就像跃过了摆满酒席的桌子，然后穿过了牧场边界。

年轻的牧民吹响口哨，比利立即出发追赶，兰波见到比利后，紧随其后。老缺虽然在阳台上警觉地观察，但同往常一样，仍像位老领导一样一动不动。我坐在它身边，看着面前发生的一切。比利已经把这群逃走的小牛带回牧场。兰波对其中一只很是生气，不停地咬它，还冲它狂吠。于是那只小牛又逃跑了，另外六只牛犊紧跟其后。比利重新去追赶它们，相同的场景再次出现。一只狗抓住牛犊，另一只则吓唬它们，牛犊在混乱之中踢着蹄子，四处乱窜。

那时的比利完全被雨淋湿。它看看牛犊，看看兰波，又看看挥动着雨伞正在咒骂的主人后决定罢工，顾自跑向树林。年轻的牧民大喊："比利！"可比利已经消失在落叶松林里，看不见影儿。兰波在那附近摇着尾巴，对它来说，追赶这些牛只是个游戏罢了。牛犊们在草地上享用完本该是明天的午餐。雨水洗刷一切，山上冲下不少干枯的树叶来。老缺在我的阳台上吃完了饼干，舒展下背，一边低声嘟哝，一边不得不妥协——该轮到自己出场了。

第二天早上还在下雨，我决定做绿色宽面条。我在小屋周围采摘荨麻叶和野生菠菜，把它们放在锅里煸干、切碎，加入鸡蛋和面粉。当用擀面杖推面团时，我听到铃铛和牧民的声音。往窗外看，两只小牛正在逃跑。那位牧民不是我的邻居，他是那个时常开着拖拉机经过小屋、腿脚不太便利又有点孤单的人，他也是唯一一个向我打招呼的人，尽管我们之间从未说过一句话。由于瘸腿的原因，他没能赶上两只牛。他站在高高的草地中间，挥动手臂咒骂着。于是我解开围裙，关上煮面条的炉子，拿起棍子出门，浑身上下还都是白白的面粉。在树林中间的一片空地上，我发现了那两只小牛，它们正在安静地吃着草。不知道它们是否会服从我，只能看着办了。我绕到第一只牛旁边，在它的侧面轻轻地敲击，这只牛很不情愿地开始往上走。第二只牛也跟随在身后。我很骄傲地把它们带回了冯塔纳村，把它们关进位于栅栏和小屋间的一个角落里，期待着瘸腿的牧民能快点赶到。几分钟后，他坐在朋友驾驶的越野摩托车上，出现在我面前。他一边用麻绳绑住小牛，一边问我是如何抓到它们的。我回答说这很简单，因为是它们自己回来的。他笑了，露出缺了两颗门牙的笑容。他说也许会雇我看管牛。

他叫加布里埃莱，四五十岁。如果仅观察他巨大的双手、粗壮的身材、破烂的衣服、蓬乱的胡须和晒黑的皮肤，很难确定他具体的年龄。走近看，更能看清他一瘸一拐的样子。他告诉我去年发生的那场事故。那一次，正在砍柴的他被卷入拖拉机底下，因为当时拖拉机的手闸是开着的。如今，他的左腿不得不被金属板和螺丝钉所固定。他对我的一切了如指掌：早晨什么时候点炉子，一天去几次菜园子除杂草，几乎每天都出去散步。他一边在牧场上放牛，一边从山上观察我：他的小屋就在我的小屋上面，大约一刻钟的路程。因为那天的壮举，我收到了他晚宴的邀请。

我称不上是一位隐士：我本是为了独自生活而待在山上，可如今却一直在寻觅同伴。或许是因为现在的处境让每一次相遇都显得弥足珍贵和令人期待吧。在小屋待了将近两个月后，春天消逝。同它一起消逝的还有我的孤独。

七点，老缺来找饼干吃，当我穿上牛仔裤和最优雅的格子衬衫时，老缺一直注视着我。它已经习惯看到穿着短裤和带洞毛衣的我，如今看我穿成这样，显然不能理解。"你在看什么？"我问他，"我就不能受邀去吃晚饭吗？"随后，我系好鞋子，拿上一瓶内比奥洛酒。这瓶酒我一直放着，以备特殊场合用。我摸摸老缺的头，开始了赴约之路。

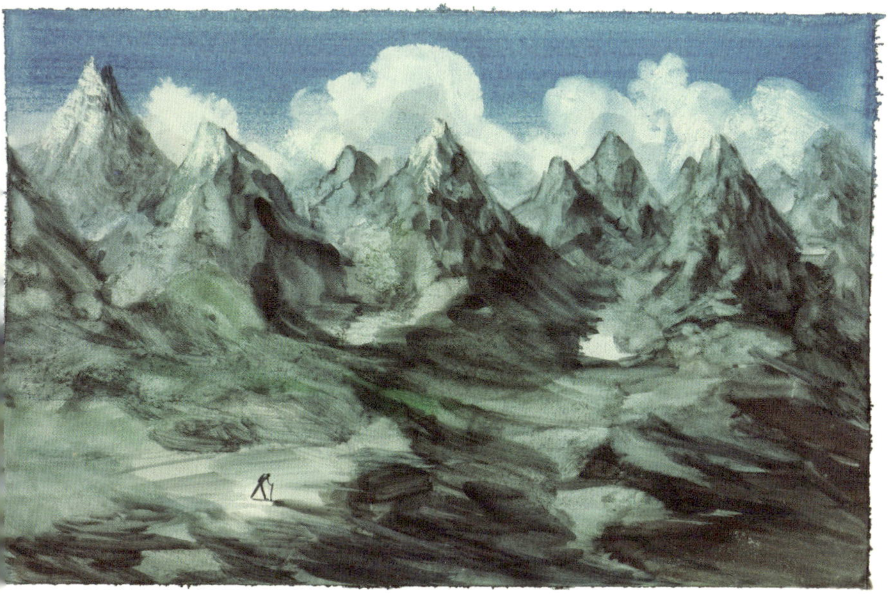

夏
友谊与冒险的季节

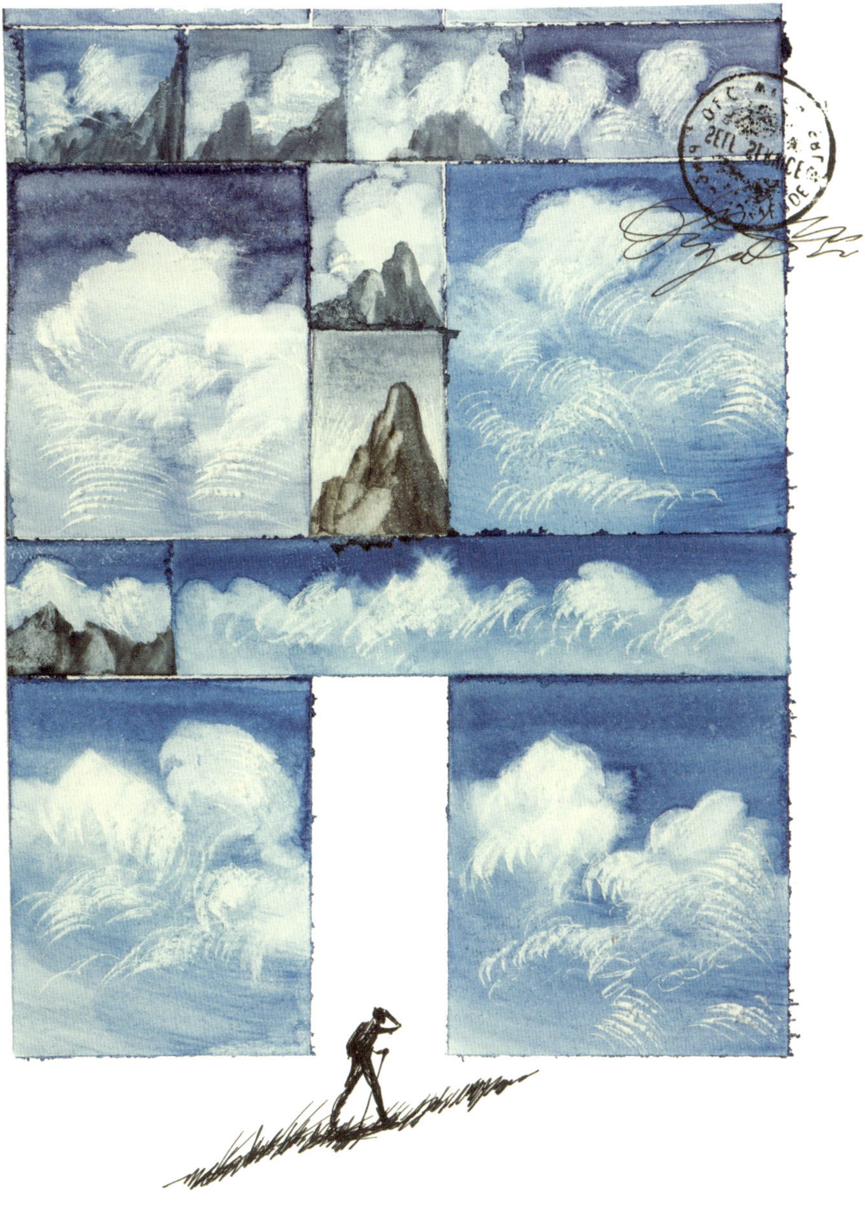

牧民，你去哪？

当我试图向他解释为什么会住在山上时，加布里埃莱正在开葡萄酒，他说："所以，你是一个'颠覆者'。"我告诉他自己不喜欢被规则束缚，也不喜欢被人主宰。在城市里生活时，总感觉像被锁在笼子里。如果可以按照自己喜欢的方式生活，那么我应该会选择独自一人居住在山中。接受孤独以换取自由的保障。加布里埃莱非常理解我说的话。只有当我抛出政治话题时，他才会皱皱眉头，做出鬼脸。他穿着军夹克，讨厌外国人，虽然一生当中只见过几个而已。他甚至同我交谈起喜欢的女人类型——是那种具有坚韧不拔品格的女人。我确信，他比我更具有无政府主义精神：没有家庭，没有稳定的工作，没有电视、汽车和银行贷款；除了买吃的和喝的，根本不需要钱。他不参与投票，没有网络记录，任何市场调查研究中都没有属于他的编号。他根本就不属于其中一个。就是这样一个男人，以他的方式生活在社会边缘。加布里埃莱是这个时代我能想到的真正的颠覆者，但很难找到适合的词语来告诉他。当我冒险开始谈论复杂的话题时，他就会歪着脑袋看我。如果我用了比较难的词汇，他就会停止听我说话。"我很高兴，也许你是对的。"我说。他真的知道我是一个颠覆者。

当母牛惹他生气时，他就叫唤它们为"坏东西"或"妓女"，而不是称为"母牛"。事实上，这些母牛也不是他的。夏天，他将母牛从平原往上赶到高山牧场上吃草。加布里埃莱就是如此来利用仅有的财产的：一间小屋、一辆拖拉机、一个牛棚、一片一年当中有六个月积满雪的牧场。冬天，他就搬到村庄的小房子里居住，在滑雪道上当一名工人。但在位于谷底的村子里，他生活得并不好，因为对于生活在文明社会的人们而言，加布里埃莱显得过于野蛮。他说话基本靠喊，好像同他说话的人离得很远似的。做事总是心急火燎的。他的一个指头是我的两个指头大，任何东西到了他手里都变得很脆弱。有时候，村庄里的人会在白天雇用他，去推倒废墟或是劈砍木头。夜幕降临前，他就开着拖拉机回到海拔两千米高的小屋。山上才是真正属于他的空间。在山里，他似乎是一块直立的石头，或一棵百年落叶松，在阳光的沐浴和风的吹拂下，在牧场上茁壮成长。

"我们让这些'坏东西'睡觉去。"晚上，加布里埃莱对我说。他敞开牛棚门，打开电线口子，耐心地呼喊它们："来，过来，来呀。"一头头牲畜懒洋洋地跟在他身后。在接下来的半个小时里，牛棚里传来响亮的打闹声。在母牛要被系在牛棚的那个时刻里，它们开始反叛：或是横躺，或是互相交换位置。在呼吸和汗水所带来的闷热中，加布里埃莱需要推搡几下它们的肩膀，然后用轭来牵引。所幸的是，他要准备给其中两头挤奶，所以显得十分平静。给母牛挤奶是让他放松的动作。他对我说，有些人喜欢把拇指弯进拳头中，用指关节捏紧母牛乳房挤奶。他不喜欢这种方式，因为这样不够温柔。他更喜欢用手掌进行操作。挤好的一桶牛奶留给小牛和狗，只留少量用来搭配明早的咖啡。完成这些后，我们关好牛棚，终于到了晚饭时间。

加布里埃莱的房子是一间三乘三米的木屋，里面有一张吊床、一个炉子、一张桌子，没有自来水，也没有浴室。在六七个倒塌的废墟中，他把其中一个当作酒窖，另一个作为木棚。屋子里堆满东西：墙上挂着牛铃铛和项圈、母牛赛中获胜的奖杯和拖拉机公司制作的裸体女人日历。一个水晶展示柜、一件六十年代的刨花板家具（因为不合适，所以被锯了一半）。一个十分古老的嵌入式小柜子，柜子上的两扇小门和一个机械装置用来遮挡里面的壁龛。一些木板和铜锅，炉子上方悬挂着制作奶酪的工具。

晚餐时，加布里埃莱同我讲了许多过去的时光。他生性开朗，但被抛弃让他忧伤：他记得曾经同母亲和姊妹们一起住在那里的日子，可如今却孑了一人。挂在墙上的三张照片中，有一张是同妻子和孩子一起的照片。我担心那是他隐秘的痛处，还是不要触碰为好。于是，我对一张他笑着拥抱母牛脖子的照片提了不少问题。那头母牛是他最爱的莫日嘉娜，很多年前被送去了屠宰场。"我现在只能思念它。"加布里埃莱对我说。如今陪伴他的是"狼儿"——一只随时跟在他身后的牧羊犬。狼儿机灵、谨慎、热情，是加布里埃莱见过的最聪明的狗。一听到声响，狼儿就在炉子旁的窝里竖起耳朵，看看我们，寻觅爱的抚摸和奶酪皮。

在加布里埃莱的故事中，存在一个已经消逝了的世界。在这个世界里，每一座房子里都住着人，每一个人都在忙碌中度日。男人们在田间和牛棚里劳作，女人们则照看农场中的动物。从村庄到山上要两个小时，加布里埃莱的午餐和晚餐只能靠喝玉米粥和牛奶来解决（因此，他讨厌玉米粥，现在完全不吃了）。忘却文明，脱下鞋子和衣服，适应野外生活可能需要一些时日。他还向我解释，牧羊人是专门牧羊的，牧牛人也有专门的名字——牛倌。这可是一个不小的差异。牧羊人是游牧民族，在有牧草的地方放牧、睡觉。牧牛人则长期在一个地方扎营，有自己的地、房子和牛棚。

在之后的聊天中,我发现加布里埃莱从未见过他口中的那个世界。当他还是个孩子时,村庄就已经荒废了。加布里埃莱在无人居住的房子里同附近牧场上难得见到的伙伴玩着自己发明的游戏。曾经有人住过的大山不是一段回忆,而是黄金时代的一个传说。这个传说孕育着幸福的梦想:加布里埃莱想带着两个孩子(一个十九岁,一个二十岁,都是泥瓦匠)上山,同一群母鸡、一头驴、几只山羊和一头将在秋天宰杀的猪生活在一起。他常说要买足够的牲畜,以便自给自足。可在美梦之外,他只有牧场的草和吃草的牛,而这些牛还是别人的。他在无尽的夜里睁着双眼,做着美梦。

我喜欢做饭,加布里埃莱不喜欢。但我们两个喜欢一起吃晚饭,于是常常这样安排:七点左右,我上山去他家,拿到藏在石头下的大钥匙进入家中,点燃炉火。随后前往泉水边清洗盘子。加布里埃莱在泉水边放了一个浴缸,用作洗衣盆和洗餐具的盆。那里还有肥皂、刷子和金属清洁球。在夕阳的光照下不使用洗涤剂只用冰水清洗锅具得花费更多的时间才能擦去上面的污垢，这一切让我觉得很奇怪，可哪里还能找到比这更好的洗碗槽呢？当我把意面放进锅里煮时，一群旱獭正在观察我，还有一只狍子的脑袋从树林里探出来。回到屋里，炉火燃得正旺。打开收音机，我将水放到火上，坐下来削土豆。我们日常的晚餐通常是番茄面、煮土豆和奶酪，有时候会加上一片香肠。加布里埃莱从牛棚回来后会经过酒窖，那里原本储存着四瓶巴贝拉酒[1]，如果他没用拳头打碎其中一瓶的话。还有一次，他撞碎了拖拉机的挡风玻璃，拖拉机因此成了一辆敞篷车。这都是他经典的不幸经历。

当他下山来我家时，常常会选择同一个位置，坐在长椅上，面对着墙。他一边观察着我的房子，一边说道："你住得真好。"因为我有一个真正的厨房、一台冰箱，还有沙发、厕所、自来水、笔直的墙、完整的屋顶，下雨天不需要躲到桌子下面避雨。加布里埃莱常常带来一块奶酪和一瓶酒。有一天晚上，他不知

1　巴贝拉酒（Barbera），巴贝拉是意大利的一种红色酿酒葡萄品种，截至2000年，它是意大利种植面积第三大的红葡萄品种。

从哪里买了烤鸡。还有一次，他替山下的朋友工作完后，带回来五斤米和一大堆新鲜事，比如与俄罗斯女孩在酒吧欢度夜晚，在牛奶场看到一排排约翰迪尔[1]，一个让他发笑的孩子问他："为什么其他人叫你兰博？为什么你如此强壮？"

最后，他以一种精心准备的方式同我道别，这是一种仪式，我花费了不少时间去理解它。第一次，他说："好了，现在我该走了。"于是我站起身来，为他开门，同他道别。他奇怪地看着我，问道："你很着急吗？"我回答："没有啊。"于是我关上门，又坐了下来。

那个晚上我发现，加布里埃莱在真正离开前，至少会说上五到六次"现在我该走了"。然后，他会再待上一个小时，讲一个故事，喝一瓶酒。自然而然地，我也学会了这一套。一天晚上，在他家里，我伸展懒腰，望向漆黑的外面，说着："我该走了。"

"你再吃一块奶酪吧，"加布里埃莱根本没听我说

---

[1] 约翰迪尔（John Deere），是美国迪尔公司生产农业、建筑、森林机械设备和柴油引擎等使用的品牌。

话,"我们为什么不再喝瓶酒呢?"

"为什么不喝呢?"我回答。(在山上吃、喝都变得十分原始:人们往往大口吃猪排骨肉,大口喝葡萄酒。)几杯酒下去,我便忘了回家。

六月二十九日是纪念圣彼得的日子。吃完晚饭后,我们一起前往牛棚。加布里埃莱一下午都在用拖车装干柴,如今这些高出一米的干柴堆在了一块大石头旁。晚上十点,他用山里人特有的方式点燃篝火:往柴火上倒半罐汽油,擦着一根火柴,火苗瞬间熊熊燃烧起来。在周围的一片宁静中,我第一次感受到火焰在燃烧时能发出那么大的响声,第一次感受到即使离得很远也会让人难以忍受的热浪。我们坐在草地上,望着大山黑色的轮廓,试图寻找同样的篝火。我们数了数:三堆、四堆、五堆。还有一些篝火在我们也不知道叫什么名字的地方被点燃。摇曳着的黄色火苗似乎在说:"我在这里。""还有我。""还有我。""还有我。"火焰只持续了几分钟,随后它们变得暗淡,一个接着一个消失。我们的篝火也逐渐熄灭。我再次感受到吹过草地的风声、小溪的汩汩声和母牛在牛棚里的反刍声。

　　当火焰熄灭时,我才感觉到天气已经转凉,才意识到自己已经适应了篝火带来的温度。告别时,加布里埃莱借给我一件毛衣,说道:"穿着它过草地吧!"这是我莫大的荣幸。本来我在回到小屋的路上会花费不少时间,但这一次,我很快地穿过草地,来到了冯塔纳村:穿越黑暗,在凉风中张开双臂,感受到谷物穗触碰着掌心。狍子们发出沙哑的叫声,在树林里互相追逐。

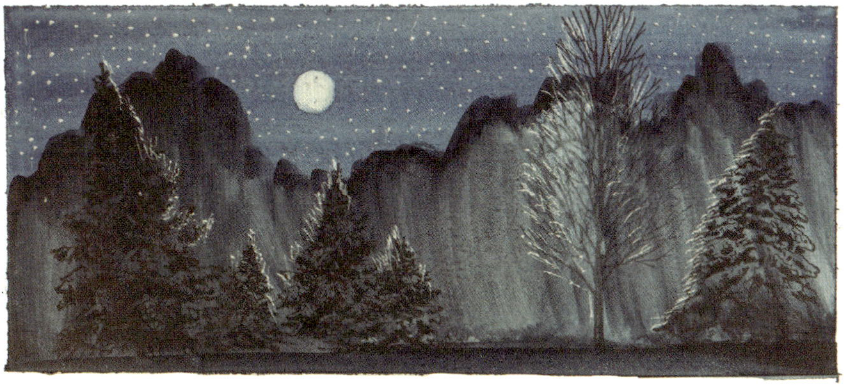

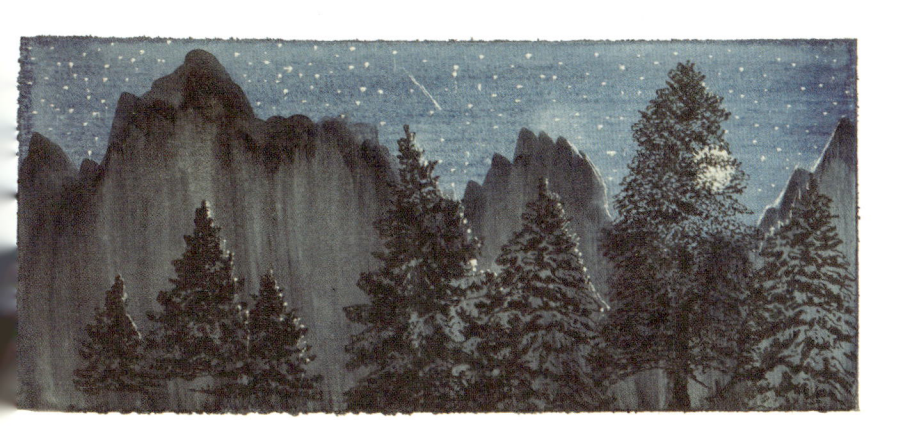

干草

七月到了。当草长得齐腰高并开始变黄时,割草机、拖拉机、运输机和打包机出现在草地的各个角落。牧场上的老老少少都在收割干草:这是一场人人参与的总动员,谁都不可能袖手旁观。于是,我也开始帮助雷米焦和他的母亲收割干草,因为我从没有忘记这个生活在平原上的家庭。雷米焦的母亲八十岁左右,很瘦,永远不知疲惫,皮肤粗糙如干树皮。我来自城市,内心善良,皮肤细腻。我们两个在雷米焦驾驶的拖拉机后组成一个奇怪的搭档。傍晚时分,当太阳已经把前一天的草晒干,我们便可以打包干草。目前为止,我们工作所产生的价值远低于所花费的时间,但从雷米焦母亲的动作中,我看到了这份工作的珍贵之处:她在打包机后面用耙子过一遍地,不遗漏任何一根草。有时还责备我没有打包干净。雷米焦在方向盘上咧嘴一笑，毫不在乎别人身处自己的位置所遭受的不幸。雷米焦的母亲一开始向我指出哪里做错了，后来总结说我根本不懂得如何用耙子耙干草。于是她分派我做更繁重的工作：把打包好的干草搬到运输车上。这份工作我干得相当不错：每次拿两捆干草，用双手拽住绳子后扔到车上，然后小跑着上车，把干草码得整整齐齐。因为这份体力活，我得到些许尊重。现在，我浑身上下都是汗水和泥土，手上还长出泥瓦匠一般的老茧，脖子像农民的一样黝黑，皮肤被干草刺痛。

在一次又一次地搬运干草后，我抬头看了看周围的草地：有些棕褐色的草尚未被割下，有些收割了的干草则在阳光的照耀下金光闪闪，还有些浅绿色的草仍然坚持到最后，占据着属于自己的一席之地。看到大山如花园一样被精心照料，我感觉十分美好。番红花在新的草地上露出尖儿来，让人以为春天到了。在冰雪中解冻的番红花如同四月的云朵一样白。七月的天空下，因为夏天的炎热，丁香花、紫罗兰虽没有受到幼虫的侵扰，却被嗡嗡的虫鸣声包围。雷米焦的母亲会时不时去小店为我们买瓶橘子水或汽水喝，自己则买冰淇淋吃。

"为什么就不能买啤酒呢？"雷米焦表示抗议，他坐在草堆上，在虫鸣声中看着汽水瓶，好像不知道如何打开似的。

"你们不要喝酒。"雷米焦的母亲严厉地回答道。她口中的"你们"不知道是特指我，还是泛指任何人。

我们劳作的田野前有一座小山丘，一个宽阔、低矮的山口，人们常常从它旁边的山谷徒步经过。看到那座山谷，我就会想起一个人。他应该还住在那附近，仍然在做登山向导，因为我很难想象他还能做其他什么工作。他叫洛伦佐，或伦佐，名字取自八月和村庄的圣人，是我爬山的老师。洛伦佐是第一个将我绑在他绳子间，向我展示如何把手放在岩石上，用一对冰爪钩住我的脚，以便跟随他在冰上行走的人。但是，作为一个孩子，对我而言，登山与其说是工具和技术的学习，不如说是同害怕、疲惫、寒冷和远离家的不适感作斗争。登山时，身体总要遭罪。而且一旦海拔超过三千米，我就会感觉不适：胃里翻江倒海，视力变得模糊，强烈的怀乡病侵袭而来，那是一种让人放弃的感觉，是真正的高原反应。洛伦佐陪在我身边，一起分担那些艰难的时刻。当我一边哭泣，一边呕吐时，他亲切地同我说话，劝说我继续前进。洛伦佐在这方面总是做得很好，所以他到哪儿，我就跟到哪儿。

我们两人这种愉快的关系持续了很长时间。十六岁那年，我不再产生高原反应，并开始真正地享受冒险：每年夏天，洛伦佐都会带一群孩子到高山上的避难小屋进行为期一周的登山课程教学。我们穿着冰镐和冰爪在结满冰柱的罗莎峰[1]上攀登，深入大裂缝模拟救援行动，沿着冰往下走，将一个假想的受伤人员拖到雪橇上。时常有一些想要征服山顶、神色严肃的登山者从我们身旁经过。但我们对登顶不感兴趣，爬草地和山脊更有趣，就像玩游戏似的。如今的我十分强壮，行走在冰上就如同走在家里一般泰然自若，于是我也会幻想自己成为一名登山向导。从山上的训练

---

[1] 罗莎峰（Monte Rosa）也作罗萨峰、罗莎山、蒙特罗莎峰，位于瑞士和意大利交界处，有数座海拔超过4500米的高峰，其中最高点杜富尔峰海拔4633.9米，为瑞士最高点，也是阿尔卑斯山脉第二高峰。

营回来后，我开始模仿洛伦佐：尝试着像他一样说话（说得少）、走路（轻轻的，仿佛没有重量），学习他面对危险时的态度，比如当暴风雨敲打墙壁的时候（这个时候就吹口哨）。我学得特别好，以至于有一次洛伦佐去喜马拉雅山训练时，还叫上了我。全程只有我们两个是仅花了几个小时登顶海拔四千米高的山峰再返回山下的。只需一根绳子、协调的步伐，不需要其他的询问和提示，四千米的高度就这样被我们轻易地征服。我们几乎马上就进入云层，直到晚上才看清身旁的事物，周围都是白色的冰和雾。这是洛伦佐留给我的最美好的回忆，是专属于我们两人在喜马拉雅山上的共同记忆。

那应该是我和洛伦佐最后一次爬山，之后我也同其他老师一起攀登过其他的山峰，但没有一个能像洛伦佐那样让我无条件地信任。如今十五年过去了，不知他是否知道我身在何处，若他知道我隐居在山上的小屋里，会作何感想？但如果我在此度过余生，那么罪魁祸首之一肯定就是他。

现在我把这些想法分享给雷米焦。同他在一起，我总是能很轻松地交流。我们之间的信任早已在第一次见面、在谈论书籍和皑皑白雪的那些时刻建立起来，在秋天收割干草、弄得满身尘土的日子里得到巩固。两人在田间来来回回地忙活。雷米焦开着拖拉机，我坐在摇摇晃晃的拖车上，把草扔进干草房里，堆成三四米高。有一天工作完，他邀请我去他那里喝上一杯。喝酒这件事是他母亲所不允许的。在他的起居室里，我很惊讶地发现了一台打字机。这是一台保存得很好的老款打字机，滚筒上有一页纸，上面写着一行字："如果我再也不能像之前那样写作，那将如何？"这句话让我费解：写作同一个山里人有什么关系呢？之后我感到不安，因为我也心存同样的疑惑。已经好几个月没有动笔了，我担心自己再也不知该如何写作。当我问雷米焦这句话是什么意思时，他告诉我这张纸已经放在那里二十年了。自从他父亲去世后，就再也没人碰过这台打字机了。

我怀着敬畏之心走进他人的生活。雷米焦的父亲是猎人、造房工人，也是一个会讲故事的人。在雷米焦很小的时候，父亲就带着他在树林间设置陷阱，以此获取动物的皮毛；在雪地里教他分辨狐狸、貂和鼬的脚印。几年后，雷米焦还学会了刷墙，刷起墙来如同建筑工地上的工人一般熟练。雷米焦是独生子，村里头又没有其他男孩，因此父子俩的关系一直十分亲密。但他们的关系因为酒精而最终破裂。有一天，那个饱含深情、性格外向的父亲突然开始酗酒，以至于后来生了很严重的病，性格也发生了很大的改变。小雷米焦慢慢长大，变得内向而暴躁，同总是喝醉了酒的父亲吵架，这样的生活让人受够了。雷米焦看着父亲一天天地糟蹋身体，常常出入医院，直到最后死去，被埋在地里。他不能原谅自己，因为在父亲弥留之际，他尽说了些泄愤的话。

如今，雷米焦只剩下一些狩猎的战利品和可以庇护我们来聊天的房子。房子里有用来挂外套的羚羊腿，挂在木桌上的两只高地山羊角，用防腐香料保存的貂和鼬标本，还有老鹰的羽翼。这只老鹰是父亲射中的，当时老鹰虽然奄奄一息，但仍然死死地抓住雷米焦的手臂,他使出了九牛二虎之力才把鹰爪从身上移开。自那以后,雷米焦就厌恶打猎。触摸到猎枪时,他并没有体会到猎人们口中的"激情"二字。

但仍然存在另一种父子的传承。父亲去世前,留给雷米焦牧场中的一座废弃小屋:上面是小马厩,楼下是房间。屋顶上的梁由弯曲的落叶松干搭成,烟把墙熏成黑色,粪肥使墙更加厚实。父亲还没来得及对这份神秘馈赠说些什么,就去世了。多年以后,雷米焦找到了这座房子存在的意义。为了减轻负罪感,他花费了两个漫长的夏天来修复这座废弃的小屋。雷米焦决定独自工作,既没有叫工人帮忙,也没有使用任何机器。他用镐挖地,用一个木质滑槽、一条绳子和一台拖拉机吊起从树林中砍伐来的木材,用作屋顶的横梁。他小心翼翼地挑选这些木材,正如挑选房子中的每一截木头、每一枚钉子和每一块石头一样。因为泥瓦匠父亲教育他要用工匠的方式完成每一份工作。

修复好房子后,雷米焦只在那里住了一个晚上。他知道自己永远不会住在那里。因为这四面墙里存在着太多未知的事物，让人很难安心入睡，所以他将房子出租给那些对这座"闹鬼"房子一无所知的人。十年后，为了寻到一个独处的空间，我来到了小屋。这就是我希望再次回归写作的故事。

北山羊

夏天，野外的动物消失了。这都是人类的错，他们开始侵扰林间小路，把动物逼进了很难到达的森林深处。每天，我在房子旁都能遇到这样的团队，他们似乎对沿途的事物视而不见、听而不闻，一路聒噪，发出很多声音，真是未见其人先闻其声。身上香水的化学味道从很远的地方就能侵袭到我。是因为我同其他人格格不入，还是这些人并不懂得在穿越这片土地时要学会不侵扰它的道理？人们用气味、颜色和噪音暴力地闯入树林，而森林的居民只能通过消失来保护自己。

我想念邻居们：野兔、狐狸和狍子。于是有一天早晨，我六点起床，喝了咖啡后，出去转悠了很长时间。我没有背包，没带水壶，也没有穿靴子，只带上了手杖，穿上了轻便的鞋子。在山上生活了三个月后，我的状态极佳。我穿越树林和最先出现的牧场、走过加布里埃莱的住所，经过旱獭生活的地方、衰败的村庄和村庄里摇摇欲坠的房子，在溪水边停下。喝了口水后，又快速地穿越更高的牧场。七点，我的眼前只有石子堆、结了冰的小湖泊和最近的白雪。太阳尚未从山顶升起。在新的一天真正开始前，我呼吸着清晨纯粹的空气。应该没有人会在我之前就呼吸到这新鲜的空气了吧？

走在石头地上时，我放慢速度，小心翼翼，尽量不挪动石头，以免产生声响。到了山脊，突如其来的好运降临在我身上。我顶风而行，也许身上已经有了羚羊的气味，因为在山谷中的积雪上，两只羚羊正在嬉戏打闹。我的出现显然让正在偷偷玩耍的它们受到了惊吓。在这里，石头地变得温暖起来，白雪缩小成了冰冷、发光的点。羚羊用肚子、背部、身体的一侧打着滚，享受冬天带给它们的记忆。羚羊滑倒了，过了一会儿又站了起来，回到山上的雪地中继续玩耍，直到其中一只竖起耳朵，感觉到了危险。我躲在岩石间，试图保持着一动不动。但显然，现在发生的一些事引起了它们的警觉。

最谨慎的那一只先跑开了,另外一只犹豫着是否要离开。似乎在惋惜被打断的玩雪游戏,伴随着几次优雅的跳跃后,它也一同消失在石头地里。

我继续往上爬,谁会阻止我前行呢?现在,我位于海拔三千米的高处,走在被冰打破、长着柔软苔藓的石板上。现在,我也正处于人生的两个山顶上。分水岭的一面,即成年时代的这边,天空如此清澈,如此湛蓝,以至于天空仿佛有了质量和体积。在另一侧的童年时代,一团团的云朵缠绕着直至消散在我的脚下。在那侧,我度过了二十年,在这边,我生活了几个月。两个山谷被两条河分隔开来,两条河又诞生于同一座山脉。就是眼前的这座山——罗莎峰,联结了我的现在与过去。

随后,我看到一些深色的轮廓在锯齿状的岩石上移动。这是一小群雄性北山羊。它们并不像羚羊谨慎。一个世纪以来,没有人追捕北山羊,因此它们并不惧怕人类。此刻,北山羊就在山顶和山峰上,它们喜欢在微风徐徐、灿烂千阳的时刻从高处俯瞰自己的王国。北山羊群的首领是一只正庄严躺在岩石中的成年北山羊。其他成员包括四只闹腾不安、互相挑衅的年轻山羊和一只几乎不能动的老山羊。老山羊的毛寥寥无几，头上的两只角已然使不上力气，它只能低着头蹒跚前行。领头羊一见到我，就站了起来，走到我和其他山羊之间。它用战斗的姿态注视着我，好像一个加长而饱满的大写字母F。强壮的肌肉支撑起长约一米的羊角，无需费太多力气就可以将我从它的家园驱赶出去。我试着让它明白我并不想打扰它们。年轻的北山羊跳到一块石头上，正好躲在领头羊身后。老山羊花费了不少时间才走到那个安全地带。我索性坐到了地上，一动不动地保持了一分钟，直到领头羊确认我是一个无聊的敌人。领头羊哼了一声，开始啃咬岩石间的苔藓。两只年轻的北山羊开始互相角觚，为求爱的季节做训练：它们抬起两条前腿，落在对方的身上，用尽全身力气开始战斗。羊角间发出刺耳的摩擦声，如同尖锐的石头碰撞发出的声音。现在只有老山羊还在注意我：它在离我三四米的地方跪下，一边反刍，一边凝视着我，时不时用角摩擦背部。它的头上有十五个角轮：这意味着它已经在山里度过了十五年。十五年里，没有天敌威胁，它也从未离开过山谷。真是美好的生活。也许今年是它最后的一个夏天，也许它还能熬过去度过下一个冬天。谁也不知道当它看着我时，究竟在想些什么。

在清新的空气中，我低头，清楚地看到早晨八点谷底的道路。太阳光尚未到达谷底，这个仍处于黑暗之中的世界仿佛是另外一个星球：汽车在过度开发的乡村、不断扩张的郊区公寓和别墅间来回驰骋。随后，我看到河边的采沙场和采石场、从树林间开辟出来的滑雪道、有着各种设施的停车场和随处可见的建筑工地。这是一种忙碌、侵扰、掠夺、毁坏和殖民的生活。山顶的生活则显得那么仁爱。在这里，只需要一点草就可以活下去，人们可以随心所欲地躺在阳光下。我望着儿时的家，确切地说，是那一大片公寓房，因为童年的家园已在多年前不复存在，于我而言这是种幸运。一架起重机正立在水泥仓库的院子旁，那里似乎曾用于存储野生大樱桃。我和老山羊的目光在此相遇，现在我十分清楚它在想什么。"对不起！"我对它说。

那天早上,我没有跑着下山,而是迈着不耐烦的脚步回到了家。山上的小房子,收集的物品,没用的笔记、书本,那是一个充满着我的气息的房间。而在房子外,大山的每个角落都尚未被人所知。要房子作何用?我更喜欢以前牧民的生活,他们从一片牧场到另一片牧场,在岩石间找到可以睡觉的地方。在探险中,我也碰到过一些这样的住所:凸出的岩石底下是干净的地面,有时候洞口被干石墙封住。当地人用方言称呼这种房子,在同雷米焦收干草的时候我曾听他说过。"什么是 barma?"我问他。"一种下雨时用来躲雨的岩石。"他回答道。

到小屋时已是中午。我看到一户人家在小屋前的草地上铺开了一块餐布。两个孩子浑身湿淋淋地在喷泉里玩耍。母亲拿出了一些封袋和容纳盒。父亲则用不友善的眼神斜视着我。男人在有家园或家人需要保护时,往往会露出这样的目光。也许我也该用这种眼神回望他。

"不好意思,请问这里是私人用地吗?"他的妻子用礼貌的口吻问我。

"不，不是的，"我回答道，"这是公共用地。你们用吧。"

在家里，我取下挂在钉子上的背包，往里面放进一些衣服、一块防水布、一个睡袋、一个酒瓶、厨房里的一些罐头盒、一个打火机、一把刀、一些报纸、一个手电筒、两本书、一支笔和一个笔记本。我想进一步探索周围的区域，徒步两三天去看看那里有些什么。出发时，我负重而行，但当身后的门关上时，却感觉抛掉了一身的重量。同往常一样，这个重量可能是小屋，可能是在我眼中亵渎小屋的人，但更有可能是我自己。当我们逃离家的时候，我们要逃去哪里？

"再见了。"家里的野孩子说着，转身开始爬上新的路途。

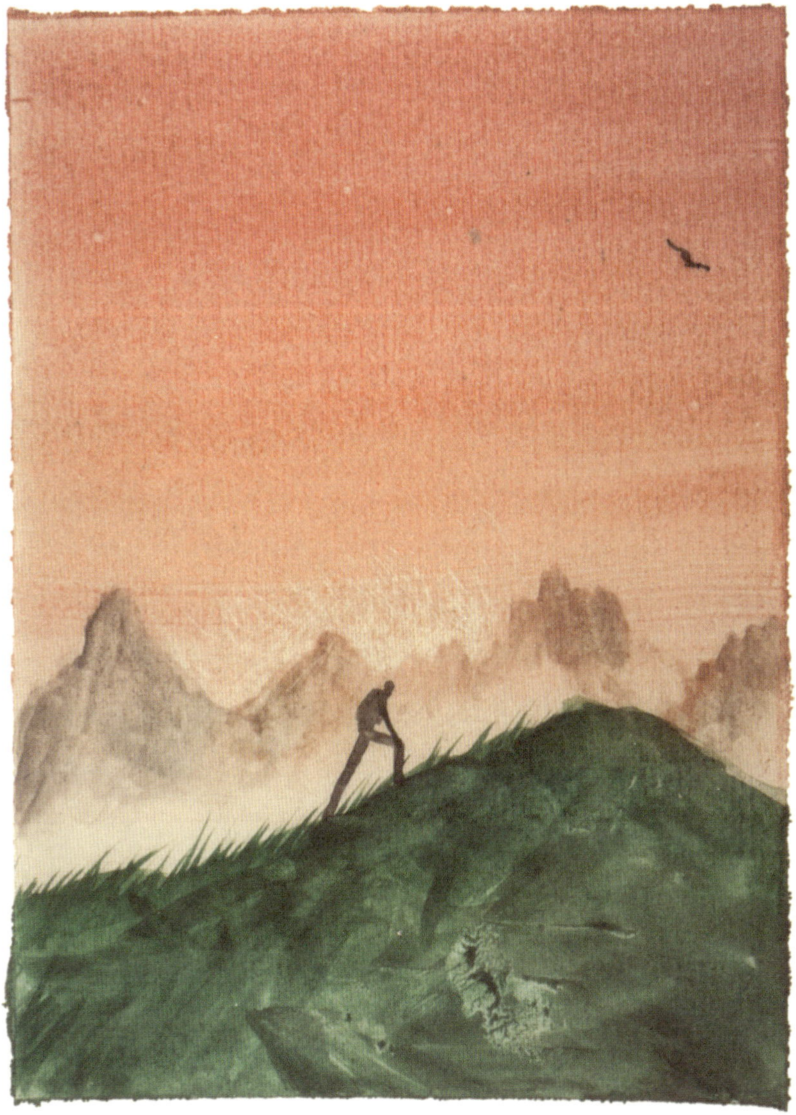

露营

下方的斜坡被泥石流所吞没，登山鞋深深陷入湿软的土地：这是浅灰色的泥地，像新鲜的砂浆一样黏稠，使得每一步都举步维艰。我爬到一截被连根拔起的树干上，尽量保持平衡地走在上面，以此来穿越那个满是乱石堆、泥水流和大土块的混乱之地。那些大土块仿佛是因为爆炸而投掷过来的，歪七扭八地搁在石头上或是卡在泥缝间。即使是在如此不自然的地方，土块里仍然开出了花朵。在高处，一片宽阔的黑色地带横亘在大山中，那是潮湿而腐烂的岩石。落叶松的根部从墙中间伸出来，无法同墙保持在一起。这里看不到野生动物的痕迹：旅途中我既没有听到因为我的突然到来动物们发出的警觉声，也没有看到它们仓皇逃入洞穴的身影。也许在那次泥石流中，它们已经成群结队地逃走了。甚至连鸟儿都很安静，空气中只有地下水发出的咕噜咕噜声。走过这片残败之地后，我感到一丝轻松。之后，我找到了一条左拐的小路，于是将泥石流抛在脑后，重新开始上路。

我想在夜晚沿着河岸到达湖边，在湖边点火取暖，然后仰望八月的星空。然而事实上，我什么都做不了。适逢夏天的雨季，当我来到湖边时，暴风雨已临近。晚上七点，黑压压的乌云盘踞在我刚离开没几个小时、距离山谷几公里外的村庄上，乌云中还夹杂着雷鸣声。两位渔夫赶忙架起一顶人字形帐篷。一阵疾风吹过，湖水泛起波纹。风把乌云吹向我们。我找到了一片废墟地，希望能找到躲雨的地方。在废墟地中，有一座相对整洁的小房子，墙虽然歪斜，但屋顶上至少盖着一块金属板。我想，如果还有人在使用这座房子，那么某个地方应该有锁，或者房子是上了锁的。但我没有看到任何的门锁，只有歪着的大门被用力地嵌在房子上。我试着用手去推门，感觉到动了之后，使劲地一把推开。

我花了一点时间来适应黑暗。外面的雨滴开始敲打屋顶上的金属板。房子里没有窗户，但在墙壁和屋顶之间有一道缝，可以看到一丝光芒。屋子中间是一个炉膛：四块平整的石头组成一个炭火盆，角落里一口深底圆铜锅挂在可转动的栓子上。此外，还有木制托板上的烛灯、几个空瓶子、一些蜡烛头和一把玩具手枪。一把玩具手枪在这里能做什么呢？它仿照左轮手枪的样子，完全坏了，得用胶带粘在一起才能使用。看着这把玩具手枪，我想起了小时候在山上看到的浑身脏兮兮的放牧的孩子们。他们往往很害羞。但看管母牛时，又装出一副大人模样。我试着去想象当没有人看到他们时，他们是如何度日的。我还找到了一块玻璃、一只脏碗、两只金属杯子、一块被撕开的脏床垫。我猜是老鼠咬的，因为地上满是腐烂的毛料、碎瓶子渣、稻草和其他说不清的碎屑。幸运的是光线太暗，看不太清。现在，暴风雨声震耳欲聋。我尽量找到一块地板，撑起睡袋，坐在里面，打开背包：一片黑面包、一个肉罐头、两个西红柿和一点葡萄酒就是今天的晚餐了。在这场倾盆大雨中，吃晚饭是唯一消磨时间的方式。于是我尽可能地延长吃饭的时间：慢慢地咀嚼面包，小口小口地喝酒。过了一会儿，暴风雨停了。我在房子的角落里找到了一些干柴，在离房子几米远的地方升起了火。因为要是用屋里头的炉膛，准会熏到自己。当天空又开始下起雨时，升起的小火堆已经是团大篝火了。我坐在屋檐下，既能防止被雨淋到，又能借着火光看书。于是，在乡村的夜晚，我读起了普里莫·莱维[1]的《元素周期表》，这本书是故事集式的自传。高处开始浮现出山的轮廓，这是明天我要去攀登的山。我时不时抬头观察这座山，直至黑暗完全降临，什么都看不清。

走进屋里，我点燃那些蜡烛头，在睡袋中继续读书。《元素周期表》的第四个故事《铁》记录了莱维和桑德多·戴马斯楚的友情，他们于一九三八年相识于都灵大学的化学系。这是两个边缘人的一次会面：当时莱维因为《种族法》而饱受歧视（作为都灵资产阶级的后代，莱维为同伴们因自己的不同而投来的异样目光感到困惑与不安），桑德多从伊夫雷亚大山来到城

---

[1] 普里莫·莱维（Primo Levi，1919—1987），犹太裔意大利化学家、小说家。《元素周期表》为短篇故事集。

市,因所穿的鞋子与衣服、双手、步伐、语言以及表现的方式与他人不同而受到排挤。一个是犹太人,一个是山里人,他们认识后,开始互帮互助。莱维帮助桑德多学习书中的化学知识,坚信书中的知识是开启物质神秘的钥匙。桑德多则带着莱维用双手去触摸这些物质,在岩石、河流、风雪中了解化学的秘密。在"欧洲黑夜"之前的阴暗岁月里,他们的友情在山上日渐深厚,他们享受到了最后的自由时光。"他拉着我在初雪中越野滑雪,远离人烟,在几乎是荒野的小径上走着。夏天,我们从一个地方到另一个地方,指尖放在无人触摸过的岩石上,沉醉在阳光、疲惫与风中。我们并不是在著名的山峰上,也不是在寻找难忘的经历。对桑德多而言,这些根本不重要,重要的是他知道自己的极限、不足并知晓如何提高自己;更深层次地说,他知道需要准备起来(也为我准备),以面对即将来临的战争岁月。

"在山上看到桑德多与世界融洽地相处,使我们忘却了笼罩在欧洲上方的乌云。这是属于他的地方,这是为他而存在的地方,他就像土拨鼠一样,而事实上,他总能模仿它们的叫声和模样。在山里,桑德多变得快乐,这是一种安静、具有感染力的快乐,就好像点亮的灯光一样。我的心中也涌起对土地和天空新的认同感,在天地间汇聚了对自由的需求、充沛的力量、为了解事物走向化学的渴望。"

晚上,雨总是下下停停。我不断地睡着又醒来。在混乱的意识重叠交错的短暂时刻,我感觉有东西在小屋里四处移动。也许是牧羊人孤独的灵魂,也许是比我早出生七十年的两个孩子——莱维和桑德多也可能在一次短暂旅途中经过这里。因为我是在他们经常去的山里漫步。有一天,他们走错路,迷失了方向。莱维建议往回走,桑德多则想继续前进。"我们可能会碰到最糟糕的情况,"他神秘地说道,"那就是必须吃熊肉。"已是深夜,两个朋友只能勉强在户外过上一夜。他们紧紧靠在一起,瑟瑟发抖,凝望着月亮和布满"被撕碎了的云朵"的天空。第二天,在第一缕阳光的照耀下,又困又累的两人摇摇晃晃地往山下走,寻找新的休憩地。

早晨五点左右，天空开始泛白，我便起了床，因为我实在不能忍受要不停地挪动以避开地板上的碎玻璃，也不能忍受从屋顶上掉下的水。时间怎么可以自顾自地变短、变长？一年可以如同瞬间消逝，一个夜晚则又可以变得如此遥遥无期。我收起睡袋，整理好背包，穿上山地鞋，留下了点火后还剩下的报纸，也许之后会有人需要它。最后同为我提供躲避处的小屋道别，关上门后，我深深地吸了一口气。

屋外的空气潮湿而寒冷。我感觉浑身像散了架，比前一天晚上还要疲惫，但只要开始走路，乏力的感觉就会消失掉。同时，还要尽力不去想"咖啡"这两个字。我在小溪边驻足，刷牙、洗脸、洗脖子，直到整个人变得清醒。早晨的一切渐渐清晰，脚下两百米处的湖水仍在阴影中，一千米高的山顶已被阳光照亮。灰色的雪水流淌在黑色的岩石上，泛着光。除此之外，还有新的、白色的、明亮的、几乎是银色的水流在墙上流淌，像粉笔一样刻画出一条条曲线。也许高处下过雪，但我从没有见过雪能画出如此整洁的线条。晚一些,我明白了那是冰:夜晚积聚在岩石缝和岩石壁突出处的冰雹在阳光的照耀下闪闪发光。要将山上的冰捧在指尖,怀着惊喜的心情将它揉碎,至少还需要花费两个小时来穿越不平坦的石堆。于是我同骡子一样,低下头,将拇指穿进背包的背带中,恳请忠实的双腿再次前进。

"在小酒馆,他一边窃笑,一边问我们是如何度过夜晚的。他看着我们惊讶的脸庞,我们厚颜无耻地回答我们度过了一次完美的远足,随后付了钱,优雅地离开。这就是熊肉。而现在,即使过去了很多年,我仍然后悔当初只吃了那么一点。因为尽管生活给予我们许多美好,但即使在遥远的未来,都没有熊肉的滋味。因为那是一种坚强、自由、自由地犯错、掌握自己命运的味道。"

山小屋[1]

尽管我在山小屋起得很早，但总有人比我起得还早。房间里的窗户朝东，面向深色的山脉，黎明总在早上六点到达，照亮床对面的墙，洒满橘色和金色。我在不期而遇的阳光下睁开眼睛，睡袋因昨夜激烈的梦乱成一团。柴火的气味让我明白身在何处。这里使用的是山毛榉木，燃烧后的气味同在家里使用的落叶松不同。炉子中整日烧着柴火，但也只够让厨房变热。在八月的雨季，我们经常相聚在那里：在火炉上煮咖啡，烧菜，烤干衣物，烘烤前一天在食品柜底找到的面团。谁也不知道这些潮湿的陈年面团到底放了多久。

---

[1] 山小屋指的是山中建造的可供借宿、休息、避难的建筑。又可分为有人管理的有人小屋与无人的避难小屋，广义的山小屋还包括了农林业人员在山中兴建的小屋。此外，还有登山客利用自然洞窟寄宿，被称作"岩小屋""岩室"。在欧洲、北美等地，山小屋较为普遍，特别是登山观光游客多的阿尔卑斯山脉、洛基山脉等。山小屋也被登山人称作"山中的旅馆"。

这是一座古老的山小屋，海拔两千五百米，建于十九世纪，以收容在冬天返乡的移民。山小屋位于两个山谷边界的通道，沿着一条古时载人运货，现已废弃的道路。其中一个山谷面朝西边，非常陡峭，就在我到达的地方；另外一个山谷则平缓地向东延伸，朝向我从房间中看到的山峰和不知名的村庄。随着骡子文明的消逝，这座山无处可寻。它被群山包围。对于专业登山者而言太平庸，对于普通人则过于陡峭。但它对我而言是完美的，因为那是我所渴望的，由碎石、山巅、雪峰组成，渺无人烟的世界。

在山小屋睡了一晚后，我在早上有了一个新的想法。于是，我厚着脸皮问山小屋的两位主人能否再多待一些日子，因为我已疲于东奔西走，而我喜欢这个地方。虽然没有足够的钱来支付住宿费，但是如果可以的话，我愿意用工作来赚取住宿费。他们奇怪地看着我。我是那晚唯一的顾客。事实上，山小屋也丝毫没有旅馆的生气。但两位主人还是讨论了一会儿，也许他们明白了我话中没有透露的意思。我们都三十岁左右。最后他们告诉我那里没有活可干，但我不需要支付任何费用,想待多长时间都行,如果我愿意和他们一样生活的话。这对我来说是最好的结果。

在山小屋前方的空地上,竖立着一面意大利国旗。尽管每年的六月初都会换上新国旗,但在夏风的吹拂下国旗还是被一点一点地磨损掉。所以,国旗的长短是我判断在那里待了多久的计时器。当我到达山小屋的时候,红色部分几乎没有了,只有一块磨损得不成样子的红带在天空飘扬。当我离开时,国旗的白色部分只剩下一半,这残存的一半很好地反映了大山的精神与我们在山上的生活。

安德烈是其中一位主人,他习惯早起。因为我也早起,所以我们两个关系更加密切。当我下楼时,他已经把早餐放在点燃的炉子上,清洗完了昨夜留下来的盘子,正抽着烟,看着笔记本电脑上的老电影,或是上网浏览女孩的照片。他总是坐在桌子靠近潮湿窗户的那一边。十一点左右,他不再喝咖啡,改喝兑水的葡萄酒,或是加水的保乐力加,或是白葡萄酒混着金巴利。安德烈一边转动着金色弗吉尼亚烟,一边递给我喝。他给我讲了冬天教英国游客滑雪的故事。现在，这些英国游客正在沙滩边度假，穿着泳装，拍着照片。他们就好像来自遥远海边的美人鱼。而我们这里，每天都下雨。有时候雨水几乎变成了雪糊状。而不下雪也不下雨时，就会刮起冰冷的风，风一吹，我就又不得不回到屋里。这里唯一真实存在的女孩子是一名在山上跑步的运动员：我们从望远镜中看到向山上跑来的她。我们时常评价她的身材，期待她至少有那么一次能停下来喝杯咖啡。但她总是跑到山上，抚摸山小屋的墙壁后便转身下山，就像每一个美丽的背影转瞬即逝。她下山时的身影也同样迷人，但比上山时增添了几分悲伤。

大卫睡到很晚才起来，是最后一个到厨房的。到厨房后，他就像永动机一样不停地劳动。每隔两天，他就会揉面，然后放到火炉上烘烤成面包。他收银、接电话、招待客人。安德烈则更喜欢待在厨房，不多说话。比起安德烈，大卫的想法更实际，他投资钱财、举办聚会、制订计划，以此来提高山小屋的入住率。如果店里无事可做，大卫就会拿起窗台上的凿子雕刻刀柄。他认为自己不可能凿出对称的图案,因为他坚信自己的身体内有东西在对抗着这种协调。也许是因为颧骨在几年前裂开过,这让他再也无法获得和谐感。在下雨的日子里,他坐在那里,像一台开着的收音机说个不停。

痴迷于厨房的我从储物柜中搜罗出大米、干豆子、面粉、番茄糊、金枪鱼罐头、凤尾鱼和橄榄,还从袋子中翻出了洋葱和土豆,这些东西应该能保存到九月份。此外,我们还从山下的高山牧场里获得了黄油、鸡蛋和奶酪,这让我努力做好每一餐。

虽然我们这儿饮食匮乏,也长期没有女孩子,但最大的问题莫过于缺电。山小屋没有足够的阳光让电板充满电,使用风力发电机还只是大卫脑中的想法,柴油不够,要节约着点用。如果有客人来,我们就会开动发电机,否则下午就是一段需要适应漫长黑暗的时光。我坐在餐桌的主宾位上,读着安东尼娅·波齐[1]

---

1 安东尼娅·波奇(Antonia Pozzi,1912—1938),意大利女诗人。

的诗歌和在山小屋中找到的一本书。这本书讲述的是拿破仑前任士兵在那里待了四十年的故事，他的工作是在每次降雪后打扫卫生，在起雾时敲响钟声，为那些到来的人点燃炉火。一个半世纪过去了，我们仍然过着相似的生活。六点左右，我只有靠近窗边才能捕捉到如奶状般的光，这光亮只够看清书页上的文字。再晚一些，我们就点燃一支蜡烛，蜡烛燃尽之时便是睡觉的时间。

让人惊讶的是这两位年轻人很自然地欢迎我的到来。也许我已经知道了其中缘由。我们因为同样的需求来到了山上，没过多少时间便认识。睡觉前，我在睡袋上又加盖了两床毯子，而后钻进睡袋，彻底地融入黑暗中。睡觉时我没有脱掉外套。衣服上是被炭火烧过几小时的洋葱汤味，夹杂着潮湿羊毛和柴火味儿——这种气味在我身上停留了很长时间，就好像家的味道。

在山上，人总是很容易忘记时间的流逝。窗外是一成不变的白色，直到夜晚才会有所变化。只有在黎明的时候才能从高处看到云海,这时我们所生活的世界和山底下的世界似乎是分离的。一个世界清晰透亮,一个世界多雨阴暗。很快,云海上升,吞没了树林、牧场、石头地,掠过最后的斜坡,终于也淹没了我们。我们待在厨房里,听着旗帜的金属缆绳敲打着旗杆的声音,与山上叮叮当当的声音相应和。这些声音是山中的音乐:土拨鼠的叫声、风中百叶窗的吟唱声、炉子烧火时的噼噼啪啪声,还有大卫和安德烈搭着肩膀时弹奏的吉他声,尽管他俩都不知道怎么弹吉他。

有时候,山小屋也会迎来客人。我们透过望远镜看到每次上山的往往只有两个人。安德烈称他们为"蜉蝣"。大卫在门口迎接,为他们端去玉米粥、香肠和酒,随后回到厨房,同我们待在一起。我们和这些"蜉蝣"保持着距离,不是因为不喜欢他们的到来,而是因为来自山下的他们会带来那个世界我们并不想听到的消息。没有这些消息我们过得很舒服。当"蜉蝣"离开时,我们目送着他们渐渐走远、越来越小的身影,直到消失在小径的转弯处后,会因为再次可以独处而感到舒适。

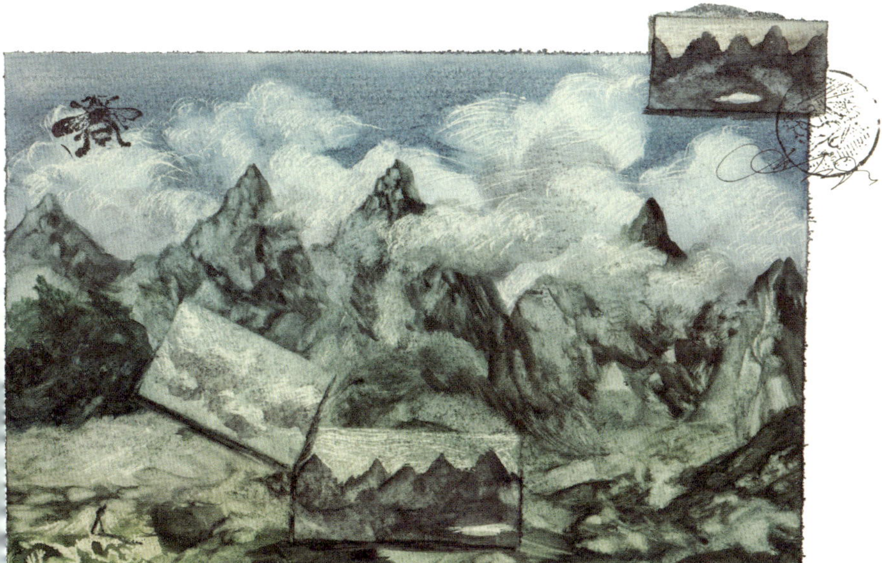

一瓶好酒

早晨,云间露出一道光。我在山小屋中找到了一根鱼竿,询问大卫和安德烈哪里可以钓鱼。

他们对我说:"到不存在的湖去。"

"为什么是不存在的湖?"

"因为有时候你能找到它,有时候你找不到。"

"有鳟鱼吗?"

"如果你找得到湖,就能找到鳟鱼。"

他们为我指出一条路,这条路经过分水岭的边缘,从石头地间穿过再往西,始终位于高海拔。不管山上有没有湖,好几天待在屋子里的我有着强烈的欲望想出去活动活动腿脚。于是我把鱼竿放进背包后就出发了。我快速通过旗杆,来到一块岩石旁,这块石头上不仅刻着大卫和安德烈的姓名缩写,还刻着一个已逝去朋友的名字,在这个名字下面是一个小小的十字架。

山顶上，我追逐小羚羊，为追上它们，我还特地抄小道偷袭，直到它们消失在因雪崩而形成的雪地上。已经有好几个星期没有踩雪的我也扑向了这块雪地，在上面滑雪、摔倒、站起来、顾自笑着，完全出自本能地喊着。我记得大山在孩提时代给我带来的变化：能够找到身体的喜悦感、运动时重新找回体内各种元素的和谐感，自由奔跑、跳跃、攀登所带来的自由感，手和脚仿佛能够独立活动一样，永远不可能受伤。这是一个不会老去的身体，不再像在三十岁的冬天一样让我产生开始变老的感觉。

神秘的湖的确存在。我明白为什么大卫和安德烈要称它为"不存在的湖"了。此湖位于被冰川磨平的巨石之间，里面的黑水深两千七百米，你很有可能从湖边经过而不自知。我在周围的草丛间捕捉了一些蚱蜢，把它们放入罐子里当作鱼饵。我一生中只钓过几次鱼，但这湖中的鳟鱼也没见过几个钓鱼人吧。把钓鱼线抛入湖中后，总共钓起了三条小得可怜的鳟鱼。第四次，我把鱼线抛得更远。瞥到一团阴影过去后，我感到鱼线被拉扯了一下，于是拉起鱼线。顷刻之间，湖水把我所带起的一切都撕碎了。这儿应该没有鱼。作为一名初学者，我没有带任何备用工具。此时，天空被乌云遮挡，我决定返回。

山上出现了一个幻象：在云朵之间，一缕阳光突然出现在我身后。太阳在云层上投射出圆形的彩虹，圆形中间是一个人的影子。我花了不少时间才意识到那是我：又高又瘦，胳膊和腿特别长。我挥手向被光包围着、如外星人般的自己打招呼。这个景象没有持续太长时间，因为很快太阳就黯淡下去。天空中掠过闪电。我自言自语了一会儿，洗漱一番后重新踏上了返程之路。背包里有这次钓鱼的战利品。我列出了能想到的所有食谱：纸包烤鳟鱼、猪油煎鳟鱼、炸腌鳟鱼条、用高山牧场黄油和野生百里香煎制而成的鳟鱼片。我想为两位朋友准备一顿丰盛的午餐。当看到还剩一半的旗帜从雾中出现时，天空开始下起了雨。在山小屋门口，我打开鱼饵罐，放走了剩下的蚱蜢。

我同安德烈分享早晨，也分享其他事。我们彼此太相似却不自知，也从不被这个问题困扰，这种感觉就像经过橱窗时看到里面的影子，需要过一会儿才会意识到自己就是镜子中的那个人一样。我们之间不是外貌的相似，而是性格的相似，也就是对自己的感觉和与他人相处的方式，带有某种理想主义的倾向，不愿过多在意一段关系是否能维系长久，这既让我们热情洋溢，也时常让我们望而却步。沉默和孤独是暂时的藏身之处。葡萄酒也会有所帮助，只要喝酒不成为一个问题。我早已洞察这些，但这是第一次如此清晰地看待它们。在位于两个山谷边界线的古老山小屋中发生的一切使见面充满了约会的气氛。它持续不了多久，因为没有人能长时间忍受与另一个自己相处，或者说至少我们两个不会忍受它。

安德烈是技艺之子。爷爷是山里人，也是山小屋的管理员。小时候，他同爷爷在高山牧场上度过一个又一个的夏天。长大后，他才适应这个时代：冬天去法国度假胜地担任滑雪教练，其余时间在滑雪场下的迪斯科舞厅和酒吧里谋生。在山小屋做管理员不是工作，而是远离乡村的一种方式。他感到危险，于是躲进山里。山里头的生活，至少有那么一段时间，让他感到安全。生活在山谷里会遇到什么危险不值一提，没有比待在三个月里也没有人经过的山小屋更好的选择了。

在山小屋的生活很安全，但安德烈并不开心。当我们成为足够信赖的朋友时，他告诉我自己再也不能忍受山上的生活了。"为什么？"我问。我相信在这里我同他已经建立起了友情。但我把爱好和职业混为一谈，或许出生在这里的安德烈感到自己需要选择在这个世界上的位置：他想去暖和一点的地方，比如希腊或者西西里岛。他给我讲述秋天的旅行，那段时间正好结束山小屋的看管工作，而滑雪尚未开始。他在有着阳光、白酒、鱼和柠檬的南部沙滩上度假，还有一个女孩陪伴左右。安德烈打算从富有的美国滑雪者中赚钱，这样他就可以和那个女孩在海边买一间小房子，告别山小屋、积雪和其他所有一切。他告诉我自己可以做到。

附近有一座属于安德烈的山，他以自己的名字来命名这座山，这也是我们唯一一起攀登过的山。一起爬山发生在我离开前没多久的日子。前一晚，来自乡村的朋友上山过夜。第二天早上，大卫挂出布告，上面写着：我们去山上了。然后我们关上山小屋的大门，走了常走的路上山。有些人喜欢成群结队地走路，有些人则喜欢独自一人。我早已被探索的山脊所吸引，便前往那里。我发现安德烈像往常一样，轻轻地消失在石头间，把路留给身后的朋友们。没过多久，山上的路就要求集中注意力，我经过了第一次下山时结冰的雪崩地带，在那儿可以看到不存在的湖景。没有追随羚羊离开后留在两头山坡的足迹，固执的我继续朝前走，尽管那样会困难重重。有些地方需要用上双手，一开始只是用来支撑身体攀爬，直到我发现自己跨在岩石之间，脚下是两堵光滑的墙时，我问自己是不是在做一件愚蠢的事情。然后，上坡变得容易起来，面前是平坦但有些摇晃的石块，前行像是在玩一个需要选择往哪块石头上跳的游戏。在山顶下方最后的一个缺口，我再次与安德烈相遇：他独自沿着一条悬崖的裂缝往上爬，我们在两条路的交叉处相遇。这不但没有打扰我们，反而让我们会心一笑。因为从远处看去，我们保持着完全相同的步伐：这是难得一见的巧合，尽管我们俩觉得不值一提。

我没想到安德烈带了瓶酒。当其他朋友也赶到时，他从背包中取出酒，在以他命名的山上拔出塞子，分给我们喝，最后那一口是最美味的。我们在山顶这本书上写下了自己的名字和日期。这本书藏在三千米上的这附近。它没有被刻在岩石上，但几年后大山仍会保留着它。

迷雾，运河中的石头
轰鸣。夜里，
水声从雪场传来。

草垫上
你为我铺开一条毯子：
用你那粗糙的双手
轻轻地围在我的肩上
这样

我便不会着凉。

除了你简单的动作外

我思考着

住在你心里的巨大秘密；

思考着

山中巨石间，我们

无声的、兄弟般的

情谊。

与在迷雾中

寂静的天空相比

也许我们之间

还有更多星星、秘密

和难以预测的

道路。

安东尼娅·波齐《山小屋》

哭泣

过了一段时间,该发生的终于发生了。面对眼前艰难的路,我在最喜欢的石头堆间哭了起来。在将近一个小时的时间里,我的脚步越来越慢,向前走几步,就得停下,弯腰喘气。抬头望着山脊,却感觉没有前进一米。我已经走了多久?根据路途,应该还需要再爬五到六堵石墙,希望在山的另一侧能轻松地下山。但事与愿违。我两次发现自己面向悬崖,不得不返回尝试往其他地方走。之前只是感到疲倦,现在已精疲力竭。背包的肩带勒紧肩膀,一种自童年以来从未经历过的疲惫、海拔高度和不适油然而生。在那样的心态下,我比别人经历了更艰难的路程。当把手放在岩石上并试图往上爬时,我发现自己已失去了所有的敏捷性。我滑了一跤,跌倒在一块平坦的大石头上,疼痛随之而来。臀部一阵剧痛,一条腿擦破了皮,但应该没有骨折。我把背包当作靠背躺在那块石头上。就在那时，我感到喉咙肿痛，眼睛模糊。我想：哭吧，没人看到你，于是开始在那块岩石上抽泣。我倦了，思念每一个人。我不知身在何处。

八月中旬，夏天已逝，山里已是初秋模样。心情不悦的我一早就离开了山小屋，决定在回去前另辟蹊径上山。我想，如果把告别当成冒险，应该就不会那么难过。约十公里远的地方有一个村庄。那天是守护神的日子，牧民会同上山的人一起庆祝节日。按照地图，我必须先往下走一千米，然后在平行的山谷里往上走一千米，但我坚信能在同一海拔高度找到另一条通往村庄的路，这就是典型的为了寻求捷径而陷入困境的方式。我开始穿越一道漫长的碎石坡，路上时不时冒出几簇草，一些杜松、杜鹃花，或是沟壑中的积雪。时间是个谜，我一直被乌云包围着，当乌云散开时，我便研究前往村庄的道路。右边是一连串的山峰，每个峰顶上都有一个尖坡，只是我不知道那里有多少这样的尖坡或是隐藏了多少的危险。为了搞清楚应往哪走，我观察起下面活动的羚羊，跟着它们留在岩石壁上的足印和痕迹走。陡峭的小路像跑道一样切开山的侧面，我在羚羊散开的地方停了下来，疲惫不堪地站在一个斜坡上，想弄明白那里究竟是什么。我多么希望那是一个台地或者凹地。当我到达时，发现面前只是又一道陡峭的下坡、一堆支离破碎的石头、一条类似刚爬完的上坡路。这是对我自负的惩罚。几个小时后，我躺在那块巨石上哭泣，却仍然看见希望。

现在我望着天空，羡慕云朵能毫不费力地从一个山谷跑到另一个山谷。我感到自身的愚蠢与自大，因为一个愚笨的游戏陷入如今的境地：为了证明自己能够找到其他的路而迷路，为了看看远离所有人时会思念谁。我待在山上的想法是：只要在山上待得足够长，某个时候就会变成另外一个人，而这种转变是不可逆转的。相反，我比之前的我更具有爆发力。我学会了砍柴，在暴风雨中生火、做汤，在菜园中播种和收菜，用山里的野菜做饭，挤牛奶，打包干柴。可我还是没有学会独处，这是每一位隐士唯一真实的目的。在独处这一方面，我仍如第一天上山一样。虽然双手的皮肤变得更加厚实，身体变得更加强壮、更有抵抗力，但我的精神并没有变得厚实和坚定，相反它总是脆弱多病。孤独不只是树林里的小屋，它更像是一间挂满镜子的小屋：无论从哪个角度看，都能看到无数个自己扭曲、怪诞的身影。我可以摆脱除了孤独之外的一切，却没办法摆脱孤独本身。为此，我躺在石头上，宣布这次冒险的失败。

当我正在为自己难过时，我看到一只鹰在头顶盘旋。它画的圈越来越小，仿佛正在瞄准猎物，我本能地怀疑我就是那个猎物。我一动不动地躺着，老鹰肯定以为我已经死了。我想过一会儿老鹰就会毫不犹豫地冲下来美美地享受一顿。周围是羚羊和高地山羊的骨头，这让我十分难受，但我安慰自己它们的死去是为了喂饱其他的动物。如果可以选择，我更喜欢第二种想法。

我站了起来。雄鹰立刻恢复原先的高度飞走了。我调整好背包的肩带，拉紧腰部的皮带。所受的打击并没有带来太多伤害，我知道自己还有精力。绕过跌倒的地方，我以一开始的节奏爬山，走两步停一会儿，再走两步再停一会儿。现在我不再抬头，只关注脚下的路。当到达山脊时我才意识到自己真的到达了。我看到了要寻找的村庄：下方的两三百米处，一排茅草屋挤在一起，牲畜在周围的草地上吃草，一个男人在空地上看管着放在明火上的大铜锅，一小群人聚集在白色教堂前，伴随着小号声，歌声响起。我从未如此高兴地看到人们做弥撒，如此激动地听到教堂的歌声。放下背包后，我再次躺下，闭上眼睛，这一次是为了欣赏音乐、享受阳光。

秋

书写的季节

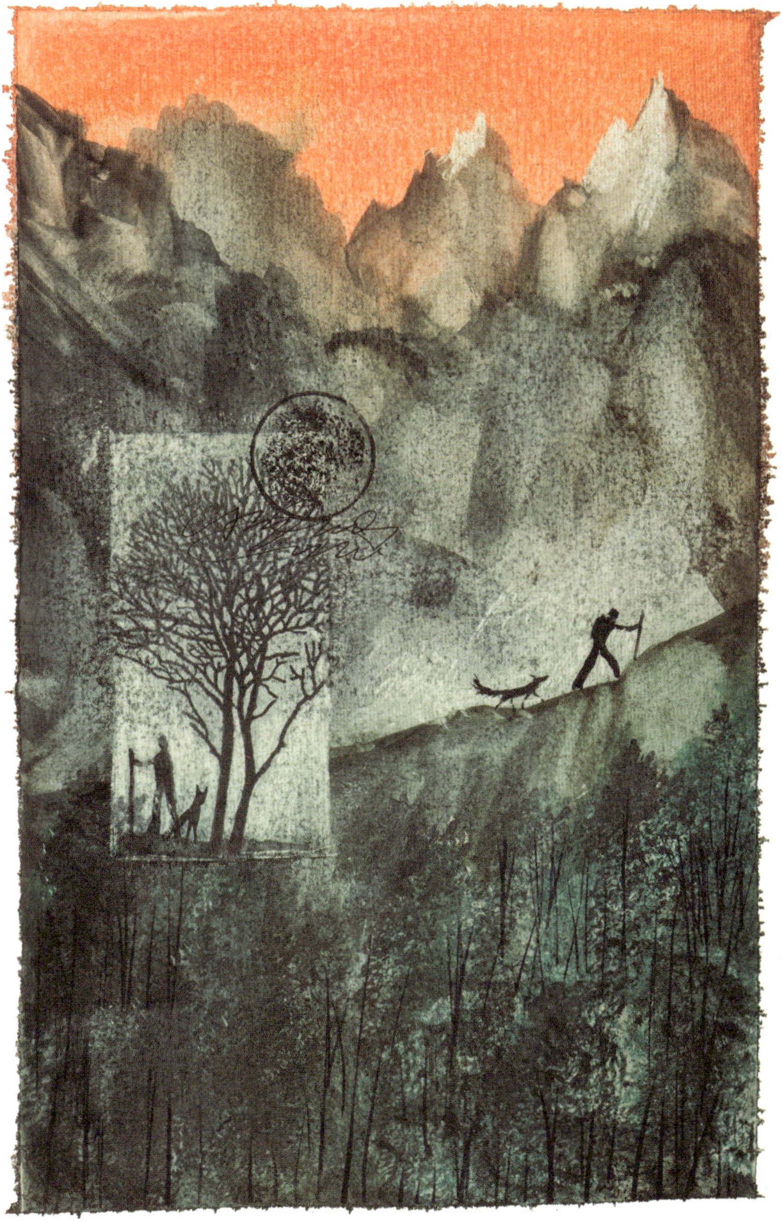

归来

下午我回到了小屋。从远处看，它藏在树丛中。所以当小屋突然出现在面前时，我产生了转弯时碰到曾经是朋友但现在不是了，不知道是该上前拥抱还是低头继续走的感觉。我在六月发现的北山羊头颅（我称它为"冯塔纳村之神"）仍然在阳台上保护着它的王国。草坪变黄了点，用来喂狗的碗倒扣在草地上。比起它们，我更思念菜园子：此时菜园杂草丛生，松软的泥土上留下偷吃沙拉的牛犊脚印。我轻轻地脱掉靴子，跨上门口的台阶，把手杖放在门边。到了家里，我把背包中穿了好几周的衣服都放进了洗衣机进行清洗。在山小屋时，我并没有觉得不适，但此刻它们却臭气熏天。迟一些，我在外面晾晒衣服时遇到了邻居牧师，他为自家牛犊破坏菜园子的事前来道歉。他十分愧疚，甚至想带一筐蔬菜来作补偿。我谢过他的好意，告诉他这件事已经翻篇了。其实从一开始，在山里弄一个菜园子就不是什么好主意，我想，趁此机会就让它重新变成草地吧。

在炉火前的那个夜晚，我重新思考剩下的几个月。屋顶上的木头、用木头茎节设计而成的狼、熊和猫头鹰雕像如童年的风景般熟悉，让我记起了漫长的春天。我和小屋相处了多长时间？我逃离是因为它了解我，它看到了我的孤独、失望和痛苦。现在我拖着受伤、晕眩的身体从八月的流浪中回来，如同从短暂夜途中归家的人。在小屋里，我不应该感到羞愧。小屋欢迎我的归来，邀请我在墙边休息。也许这只是秋天的开始。

早上我去树林里散步时，发现了可以放在格拉巴酒中的杜松子和蓝莓。如今，灌木丛中蹿出黄色落叶松，空地上长出了一些蘑菇，其中也有伞状毒菌。这座山在经过漫长的酝酿后，终于迎来了收获的季节。我坐在一棵落叶松对面，从口袋中拿出笔记本，抬头看着树冠，阳光在树枝间跳跃，想到利戈尼·斯坦尔的《野生植物园》(*Arboreto salvatico*)。我现在所处的"植物园"比他的更高,这里没有榉木、水曲柳、橡木、桦树,同他家周围的树木完全不一样。位于两千米高处的树木只有四种,它们是高山冬季活下来的最后幸存者,这让人感觉这些树木如同圣徒一般。所以我决定在笔记本的扉页上写下致辞,感谢这个位于冯塔纳的小植物园:

我向生活在黑暗王国的居民——红杉树致以敬意。它生活在人们不用于建房和耕地的潮湿山坡和阴暗山谷里。湿度让它快速生长:它的木质轻盈、海绵状,适合用于房子抵御寒冷。我向一株自己永远也不会完全了解的红杉树表示正式的敬意。它在四季变更中毫无变化,这让人感到混乱,因为常绿的植物就像一张没有表情的脸。我难以相信每株红杉树都拥有完美的树冠,这使得很难将它们区分开来。辽阔的红杉树林让我想到了北方的森林、湖泊、峡湾和白雪。有一次,在八月的下午,一株红杉替我挡雨。我感谢它浓密、柔软、干燥的针叶搭起的避雨小屋。

我欣赏先驱一般的野生松。它是最先在石堆里、在被雪崩劈开的裂缝中生长的居民。贫瘠的土地让它的形状奇特而不规则。与其他的树不同，这些野生松都歪斜着，像古老山区居民的骨头一般，人们不可能将它作为建筑木材使用。它同样不适合用于炉灶，因为树脂的烟雾会包裹住管道并使之燃烧。但也是这些树脂让刚从冬眠中醒来的树林散发出香气。这种香气会让人想起南方和大海，这也许是因为其他松树都是在地中海边长大的。所以，这里的野生松是雪下树林中阳光的梦。

我如同爱手足一般爱落叶松。它是房子的气味和炉灶的火焰。当视线离开笔记本时，我见到一排排的落叶松。有风的日子里，它们如同玉米穗般摇摆。落叶松度过漫长的休眠期后，先是在四月发芽，然后在夏季变色，从六月的绿色到八月开始褪色，再到十月的红色和黄色。它喜欢阳光和风，常年长在山脉南坡的干土地上。它寻找阳光，拼命往上生长，往往比身边的树木要高：这就解释了为什么下面的树枝会干枯。这些枯萎的树枝如同我们在生活的某一时刻想要摆脱和丢弃的东西。但脆弱的树枝同时确保了树干的坚韧性，于是落叶松的树干成为了房屋屋顶的横梁。在屋顶上人们刻下建造房子的日期：这片山谷中最令人难忘的房子可以追溯到十八世纪初。我望着这些落叶松，想起有着四个世纪寿命的落叶松，它们中的一棵在树林中枯萎，另外三棵则用来支撑房屋。在我看来，能为人类所用是一棵树能提供的最崇高的服务。

我尊敬如神一般的瑞士五叶松。我走路时用来支撑身体的手杖就来自它：它的木头是白色的，不会随着时间的流逝而发黄，在小路上奔跑时坚固而有弹性。它往往生长在树林别处，但在这里我发现它的成长十分缓慢。瑞士五叶松的种子被鸟儿藏在秘密地方，也就是高海拔的岩石裂缝中。然后只需要一点土和水，它就能成长。有时，它会因为生长所需要具备的技能而饱受折磨，因为大雪会压弯它，闪电会劈断它。我在海拔两千五百米处发现了最勇敢的树。它是一株生长在岩石壁上的小小瑞士五叶松。突出的岩石壁让它免受风吹，搜集到的一点雨水供它生长。我感觉就像发现了一座秘密神殿，在它面前应该说些类似祈祷的话。

词汇

雷米焦什么书都读，尤其是难读的书。那一年他阅读了萨特、加缪和萨拉马戈的书籍。走在小路上，听他提到这些名字时，重新描绘作为读者的我和他完全相反的经历是如此令人难忘：我是一名来自城市的高中生，拒绝成为知识分子作家，转而爱上了美国小说、边疆和公路题材的小说。雷米焦读了三年初中，在山村长大，四十岁时才发现经典文学。他向我讲述作为一个害羞、没有朋友的独生子孤单的童年。很快，他跟着父亲当起了瓦工。比起上学，他更喜欢工作，但自省的他很快注意到自身严重的局限性：所掌握的词汇量不足以表达内心的想法。

八月底的一天，我们在渺无人烟的树林里散步。"什么意思呢？"我停下来，好奇地问他。雷米焦向我解释说他一直在讲方言，从某种意义上来说，方言拥有准确而丰富的词汇来表达地方、工具、工作、房屋的各个部分、植物、动物等等,但谈到情感时,突然之间,方言就变得贫乏而模糊。"你知道'难过'怎么说吗?"他问我,"在方言中,'难过'被说成'在我看来时间过了很久'。也就是说你难过的时候时间停止了。可当人们思念的时候、孤独的时候、不再热爱生活的时候,同样可以用'时间过了很久'来表达。"某一时刻,雷米焦觉得这几个词不足以表达自己的内心世界,他需要新的词汇,于是他开始在书中寻找答案。这就是他为什么会成为一名贪婪的读者——只为找到能够替他发声的词语。

像所有山上的居民一样,雷米焦在夏天打一份工,冬天打另一份工:夏天修缮老房子,冬天看管滑雪场上的雪猫。雷米焦并不喜欢这样的调班和薪水,却钟爱周围的风景。夜晚,独自一人,周边白茫茫一片,海拔三千米高的岩石顶被车大灯照亮,他在驾驶舱里放点音乐,外面或是刮着大风,或是起了白雾,或是灿烂星河。

有一次他差点丢掉性命。那年他二十五岁，正在打扫一条通往小屋的低海拔滑雪道，突然看到落叶松弯在地上，他很快意识到会有大风。果然，不一会儿，足以压碎挡风玻璃的狂风把他击倒在地。这不仅仅是风，更是雪崩的前兆。不知过了多久，他从搁浅在树枝间的雪猫残骸中醒了过来，拖着受伤的身体前往山谷。雷米焦告诉我，下山时最大的敌人不是痛苦而是疲惫，那是一种想停下来休息的诱惑。但他发现自己对生命有着强烈的依恋，也正是那份依恋把他带回了家。一踏上家的门槛，他就昏了过去。

不过雷米焦没有说"家"这个词，尽管他对家有一种痴迷。当说起自己的家时，他总是用别的词汇。他会说："去我那儿吧。"或者是："我住的地方。"我从未听过他说"我家"，不知道这是为什么。因为一旦在一个地方住下，不管多久，我都会称它为家。也许是因为雷米焦在任何地方都没有家的感觉，抑或是他的房子太多了，毕竟这整个山谷都属于他。对于这一点，我挺羡慕的：他属于一个更广阔的地方，那儿有树林、溪流、山脉、被大山遮挡住的天空和度过的四季。

由于从未离开过家乡，雷米焦特别喜欢游客，尤其是外国人。当他还是个孩子时就表现出了这一点。虽然同外国人交流就如同石头在问鸟儿山的那一边是什么。作为回报，当与某人成为朋友后，雷米焦会把他带到一个特殊的地方——同他一样阴沉的大湖泊。这也是我们那天要去的地方。雷米焦一边同我走路，一边叫出他所指地方的名字，这些地方并不是官方地图上的村庄或者山峰，而是由森林、空地、地上的洞穴、牧场中间的石头组成的。"你知道这里叫什么吗？"他问我，"这是 il pian des sardognes，这是 il pra' pera'，这是 il sasc murel，这是 la borna de' grai。"这些地名没有出现在任何土地登记册里，如今很少有人会记得这些曾经用来定义边界和属性的名字。自从人们抛弃大山后，这些名字便被遗忘了。当雷米焦还是个小男孩时，他为学到新词汇而欢欣鼓舞。如今这些语言消失，他感到痛苦，就如同看到我们正往上走的废墟一样。这些房子也曾受过洗礼：冯塔纳（Fontane）、尚佩特（Champette）、布伦加兹

（Brengatze）、拉佩莱奇拉（la Pelletzira），它们都有可以追溯的名字，而其他的房子则消失在人们的记忆中。之后屋顶掉落、墙壁倒塌，最后，名字一个接着一个消失，直至没人能叫出石头、空地和洞穴。这样大山不仅摆脱了人类，而且摆脱了人类对事物起名的需求。有时候，雷米焦会记起一个没有含义的专业词，那可能只是小时候听到的声音。"那到底是个什么词？"同五只母牛、两只狗、遗忘的词语生活，活在时代之外的雷米焦问七十二岁的老母亲。

在废墟间，一生都在翻修和参观房子的雷米焦像考古学家一样指引着我。他从椅式箱中找到三四百年前的遗嘱、财产转让、建筑合同等文件，同我解释以前人们建造房子是不画图的，而只需列出想要的房间即可，这就像是一份想象的清单：马厩、谷仓、打黑麦的房间、制造奶酪的地方和晒干草的阳台。我们参观的废墟更简陋。雷米焦指出壁炉的建造方式、墙上的壁龛、弓形窗户等细节，以此来了解房子的建造时间。当他向我详细地解释这些技术时，我则烦躁地踢着门，因为里面漆黑一片。比起这些潮湿的石头堆和充满死亡气息的空气，我更喜欢外面阳光下的草地和树林。

我们发现喜欢一起散步。傍晚，当最后几个远足者返回山谷时，我和雷米焦一同出发，跑上一两个小时。日落时分，山中只剩下我和他。每次发现一条新路，我们都会停在石头地上选择。是沿着激流勇进，还是往沟壑小径走呢？"上山吗？"我们互相问道，然后不约而同地上山。在路上，我们遇到一群羚羊。它们先是惊讶地盯着我们，然后跳跃着离开。"这个点你们在这里做什么？"它们似乎在问，"你们没有家吗？"

雷米焦给羚羊拍照，这是他从父亲那里遗传的爱好。这群羚羊大约有十五到二十只。旅途的快乐高潮不是在山顶的十字架前，不是在小屋中的桌旁，而是在日落时分的岩石间看到这群羚羊。我们只是要经过此地，它们大可不必逃跑，但羚羊对我们的恐惧是唯一无法逾越的障碍。人们可以在湖中沐浴，以覆盆子和蓝莓为食，在草地上睡觉。但是野外的动物会在人类经过时逃跑，提醒它们和我们不一样，是的，从来都不一样。

在瀑布或湍流等流水旁，我的感觉会更好。但雷米焦喜欢静止的水，尤其是那个阴暗的湖。湖一侧的山体倾倒，石质的地面下沉到水中变成了礁石。另一侧的岸边是长满柳树和杜鹃花的斜坡。一条稍高些的溪流穿过斜坡，最终流入湖中。在斜坡的半腰、地势平缓的草地上有一些小屋，其中一间就属于雷米焦。小屋靠岩石墙建造，因此只需要三堵而不是四堵墙。同时，小屋拥有一个抵御雪崩的天然避难所。他沿着一条想象的路径从下往上用手指为我比画。最终，我似乎看到岩石墙前有与岩石相同颜色的东西。

"要去看看吗？"他问我。

"是的。"我撒了个谎。

"那我们去看看吧，如何？"

"那——好吧，"我回答，"我们上去吧。"

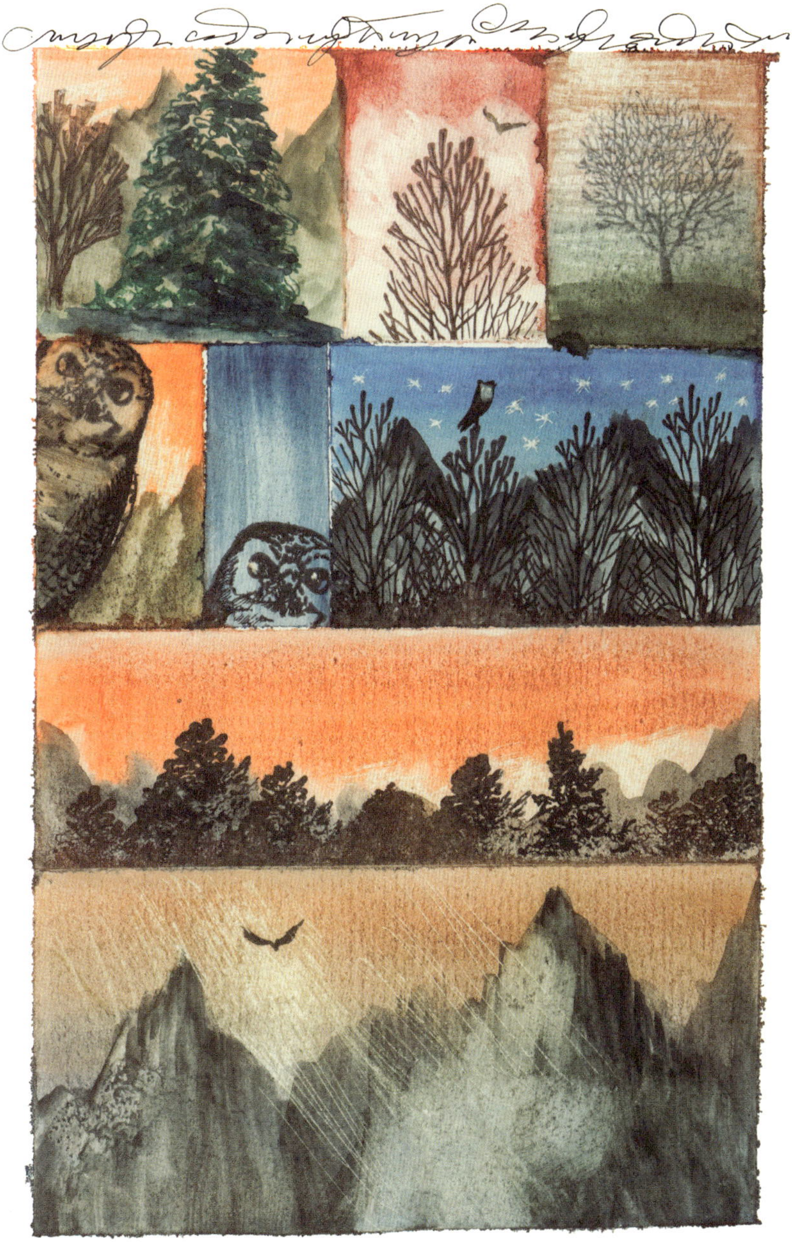

到访小屋

九月的一天，一个好久没见的人上山来看望我。一起相处的两天时间太过漫长，因为我需要专心地接待他。他离开后，我拿起笔记本，写道：

今天早上，看到父亲的手和脚从床单下伸出来，我产生了一种陌生感：居然有一个人在我家的沙发上过了一夜。父亲睡得很少，今早也不例外：地上放着一只空杯子和一份昨日的《晚邮报》。这张《晚邮报》如同所有从头读到尾的报纸一样不整洁。他一定整夜读着报，喝着给我带来的苏格兰威士忌，入睡时天已大亮，阳光从天窗照进来，他用床单遮住眼睛。于是我就看到这种睡姿的他。

有多少次我见到父亲躺在床上？最近一次应该是在米兰的一个周日下午。他把吵醒他的姐姐或我叫到房间，在黑暗中锁定犯错误的那一个，大声地喊着他的名字。当那个犯错误的人吓得瑟瑟发抖时，另一个就可以相安无事。我深夜回到家，他也没睡，在厨房里喝着烈酒读着报纸。我曾经多么希望他能用语言说出眼睛中的话，这样我就可以回答，可他从来不说。这就是我的生活。

现在我拥有自己的生活，父亲睡在我的沙发上，喝着我杯子里的酒，他只是我家的客人。那双六十四岁的手还是同四十岁时一样：饱受折磨、长满老茧、不戴婚戒的深色的手。从床单下伸出的脚同手一样。走路时折断过的大脚趾指甲盖又厚又黄，他从未找到过适合右脚的登山鞋。在父亲教给我的歌曲中，我最喜欢这一首："穿鞋，还是不穿鞋，阿尔卑斯山的狙击兵们，我想要你们在这里。"他曾是山里的士兵，在我孩提时，总给我唱一战的歌和讲关于鞋子、火车、莫罗萨酒和葡萄酒的故事。

想象着拉起床单，看到长着炭黑的胡须和头发、有着一双恶魔般眼睛的父亲，我再次浑身起鸡皮疙瘩。喝完咖啡后我出了门，在外面的喷泉边洗好脸，拿走狗昨晚吃过骨头的盆。当我回到小屋，父亲还没有下来。

父亲离开小屋后，我在山上发现了一棵被雷电击中的落叶松。在这棵落叶松上发生了一件十分奇怪的事情：靠近根部的唯一一条分枝仍然活着。闪电击中了树干，却对树枝有益。谁也不知道树枝是从何时改变了方向，开始垂直地生长，现在几乎已经成为第二根树干了，因此现在这棵古老的落叶松有了两根树干：一根已经完全被烧光；另一根则长满了新芽。对于这几天发生的事情，我首先想到自己是那根新的树干，父亲则是被烧光的那一根。但后来，我觉得自己既是老树干，又是新树干，而闪电正是我在等待的东西。大火会杀死旧的自我，因而新的自我得以成长。在这种情况下，父亲只是树林中的另一棵树。我蓦地转身去迎接他。

幸运的狗

那年夏天，加布里埃莱看着自己的小狗被路过的女孩们不停地亲吻和抚摸，说道："如果有来生，我发誓一定要成为一条狗。"有人（不是他）给这只狗取名为"幸运儿"。幸运儿的母亲是一条边境牧羊犬，父亲身份不明。它被带到高山牧场"狼儿"那里学习牧羊的工作。也许是爱冒险的父亲在它身上留下了不可违抗的命运，幸运儿浑身雪白的身上长着黑点，纤瘦的屁股天生就是跑步的好苗子。一听到脖子上的铃铛响，就能听到它跟在步行人身后的脚步声。加布里埃莱摇着头，看着它跑远。奶牛对它不感兴趣，但人们很喜欢它。有几次，我就是那个步行者，为了让它离开着实费了不少精力："不，不要跟着我，和你的主人待在一起。"幸运儿摇摇尾巴。如果我骂它或者试图逃跑，它会以为那是个游戏，因而追得更远。最后我不得不妥协，让它跟着我，考验它作为登山狗的品质。据我所知，狗并没有登山者的特性：它爬上山脊，如羊羔一般穿梭在岩石突出的地方，俨然不是神色冷酷、看到入侵者就会狂吠的领土看护人。"你从哪里来呢？"我问它。而它爬上岩石，以高地山羊的姿态巡视着山谷。到了山下家中，加布里埃莱把不情愿的幸运儿拴在墙边的链子上，这样它就不能跟着我回家了。当幸运儿朝着天空发出悲伤的犬吠时，加布里埃莱说："你要知道自己的使命。"这时，忠心耿耿的狼儿开始将奶牛带回牛棚，好像全世界没有比这更让它感兴趣的工作了。幸运儿和狼儿注定是彼此憎恨的同父异母兄弟，是独子和养子，一个热爱定居生活，一个喜欢游牧人生。下山去冯塔纳村时，我捂住耳朵，以免听到幸运儿的哀号。

秋天蕴藏在许多小迹象中。它在每天傍晚坠入的黑暗之中，在早晨我带着咖啡出门时家门口草坪上的霜露中，在中午影子不断变长的落叶松中，也在人类消失、动物重返的荒野之中。日落时分，狍子来到牧场上吃草，狐狸走进树林里觅食。当我去寻找柴火时，感受到了树林里的各种活动：松鼠从树干上一跃而起，野兔在杜松间蹦蹦跳跳，还有其他动物跳动的身影。马里奥·利戈尼·斯坦尔说，一年四季中他最不喜欢夏天。因为在夏天，生命躲进人间，仿佛缺了位。他最喜欢的是秋天。秋天促使人们再次完善视力，伸展耳朵，去更好地聆听。但是斯坦尔没有谈到我所感受到的、笼罩着大山的寂静：枯竭的河流、被霜打过后枯萎的青草和日日消散的气味。接着，青草味消失了，树脂香闻不到了，苔藓的清香也没有了，空气中弥漫着炉子的味道和牧羊人离开前撒在地里的肥料味。下过一场夜雨，我看到雪染白了山顶，一开始雪的高度是两千五百米，之后是两千四百米、两千三百米。在阳光明媚的下午，白雪开始再次融化。随着植被变得稀薄，声音就传得更远。所以我先是听到了拖拉机的声音，然后才看到它在山下几公里的地方开过。在遥远的电锯声中，还能听到人们采摘土豆的声音。采土豆的女人们在田地里弯着腰，收割着大地的果实。每天晚上，山上都传来"幸运儿""幸运儿"的呼唤声。

有时候，但并非总是如此，我还能听到铃声响起，有人接听电话的声音。

"你看到幸运儿了吗？"加布里埃莱问我。"我没看到。"幸运儿已经消失了一整天，直到第二天我们对它的行踪仍一无所知。之后，养狗场打来电话，说在距离我们三十公里的返校公车上找到了它。在所有学生都下车后，司机发现了它。没有人知道幸运儿是如何坐上校车的，但可以肯定的是它的探索之旅十分漫长。很快我们就发现，除了山间小道，幸运儿还对柏油马路情有独钟，因为它会跳上任何一辆开着门的车。一旦学会了这件事，当地的养狗场就经常打电话给加布里埃莱，随之而来的还有罚款。

"它是一只颓废派狗。"我说。

"什么？"怒气冲冲的加布里埃莱回答得没有一丝文学气息。他带着幸运儿上班，可常常不得不为它毫无节制的行为付出代价。作为惩罚，幸运儿会被拴在链条上。当我经过时，它正用前爪挠地。我被允许解开链条，带它去散步。但当这个短暂的假期结束后，它就只能停止奔跑，结束追逐土拨鼠的游戏，脖子上重新被扣上登山扣钩，这让我更加内疚。

"你知道谁想要狗吗？"加布里埃莱问我，语气中掩饰不住内心的忧伤。虽然对幸运儿不满，但这不是他全部的心境。我认为加布里埃莱是喜欢有着流浪气质的幸运儿的。"幸运儿啊幸运儿，"他或许在想，"我们可以成为朋友，让我给你最后忧伤的爱抚。"拐角处，狼儿的狗鼻子嗅着地。它观察着这个场景，露出一半的牙齿，发出低沉独有的咆哮，以掩盖些许烦恼。

我从来都没有想过要养狗。养一只狗会阻碍我旅行。两只狗会让我写作分心。如果养三只、四只、五只狗，难以想象它们会以什么样的方式夺走我的自由。此外，我怎么可能忍受被称为"主人"呢？因此当幸运儿越过小屋门槛来找我时，我的担心大于高兴。共享午餐是我同山里人交朋友的方式。这次，我准备了两份西红柿酱拌面，但幸运儿实在太饿了，把我那份也吃完了。吃完后，它霸占了桌子底下的一个角落，把它当作自己的窝。我切了一块面包和奶酪，坐在桌旁，一边慢慢地吃东西，一边打开笔记本随意写作，这是我最近喜欢的生活方式。但身边的幸运儿很快打破了这个爱好。它站起来，鼻子在我的腿上嗅来嗅去，哈喇子滴在了我的裤子上。它一边吃着面包皮，一边还想吃更多。没等我把笔放在纸上，它就迫不及待地跑到了门口，一会儿盯着门把手，一会儿看着我摇摇尾巴，又回到桌子底下喊我，然后再次来到门口。幸运儿焦躁不安，脖子上的铃铛响个不停。

"我们必须走，一直走到那里。"尼尔对杰克说[1]，就如同幸运儿在对我说。

"去哪里？"

"不知道，但是我们必须走。"

我想，幸运儿不再需要铃铛。于是我把铃铛连同系铃铛的皮革项圈取了下来，并将项圈挂在墙上的钉子上。"幸运儿，你当牧羊人的生涯结束了。"我对它说。我以为它会很高兴，因为不用再过被囚禁的生活了。但它并不关心这些符号。幸运儿只对出去活动感兴趣。于是我打开大门，同它一起去散步。

---

[1] 此处尼尔是指尼尔·卡迪萨，杰克是指杰克·凯鲁亚克，这句话出自美国"垮掉的一代"作家杰克·凯鲁亚克创作于1957年的小说《在路上》。

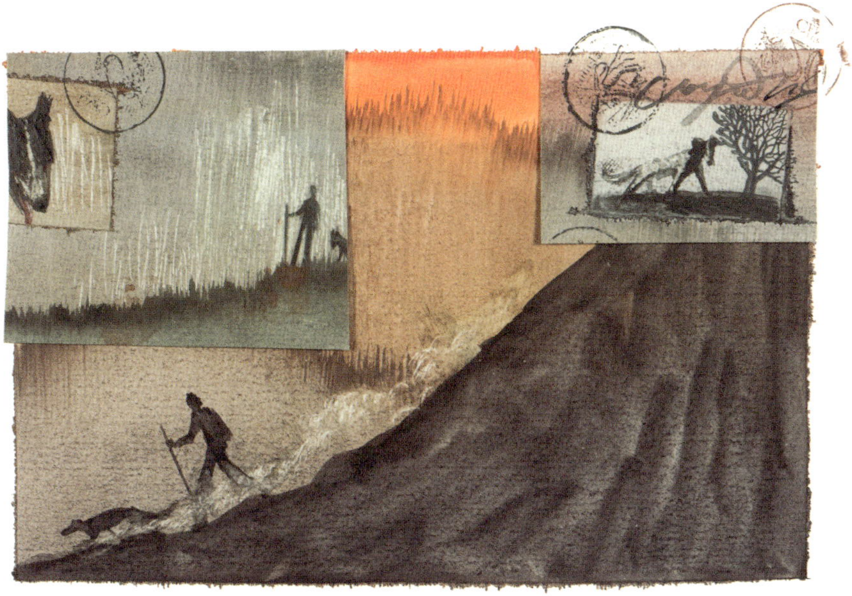

转场

九月的最后一个星期六，当冷空气吹来时，周围已经没什么人了。我走在崎岖的山路上，遇到了正在缓慢前行的奶牛队。狗和孩子们看管着队伍，以确保没有掉队的奶牛。一个男人走在队伍的前面，在队尾的妻子开着拖车上装满东西的卡车，这叫作"转场"。到这个时节，牧民们会从高山牧场上下山，不是因为寒冷，而是因为牧场上没有草了。他们安静地下山，不催促牲畜，也不交谈，看不出他们脸上流露的到底是疲倦还是忧郁。"那是你的狗吗？"竟然有转场的人同我打招呼。"它跟着我。"我尴尬地回答，实在无法想象或说出我是幸运儿的主人。

我和幸运儿在已经关闭了的高山牧场周围转了一圈，不久前这里还时有挂在牲畜脖子上的颈铃响起。幸运儿正闻着刚刚逝去的生活气息：锁起来的门窗，处理干净的粪便。曾把溪流中的水带到水槽和马厩的沟渠已干涸，牧场中翻倒的浴缸生了锈。一片萧条的景象。地上是已经干涸的肥料、拖拉机车轮的印痕，还有拴狗的木桩，看上去就像是战争或者流行病爆发后人们仓促逃走时留下的。只有荨麻仍然茂盛地生长着，但那里已渺无人烟，这意味着它们已被遗弃。

我继续往上走，经过最后一个牧场，跳过六月时曾脱下鞋袜蹚过的溪流。现在，这条小溪变成了一系列小水坑，鳟鱼被囚禁在狭小的空间里，用手就可以抓到。湖水是灰色的，甚至可以说是黑色的。一层冰雪覆盖住了朝北的河岸。幸运儿一会儿用舌头舔雪，一会儿用牙齿咬冰。它因冬天到来而激动不已，而我是为夏天而生。于是我起身，踩着草往山下的小屋跑去。

加布里埃莱让我想起了一位朋友。这位朋友会加热一杯加入了高山奶酪、糖和红酒的咖啡——这真是地狱般的混合饮品。但出于他的好客与自尊，有时候我不得不喝上几口，暗自希望再也不要喝到这种"咖啡"。在牛棚前见到加布里埃莱时,他正拿着楔子和锤子,在锯一块比自己还高的木头。狼儿和幸运儿不再被迫假装成兄弟,现在它们已经成为公开的敌人:只见它们俩毛发竖立,互相转圈。然后,狼儿用爪子扑翻幸运儿,用牙齿咬着困在地上的幸运儿的肩。幸运儿发出痛苦而害怕的呻吟。"狼儿!"加布里埃莱喊道,扔去一块木头。狼儿放开了幸运儿,幸运儿一瘸一拐地逃回了家。狼儿像是被冒犯了一般走开了,因为它只是为了行使自身的权利而已。加布里埃莱被刚刚的暴力场景震撼。"狗啊。"他一边说着,一边耸耸肩。我想自己很快也会习惯的吧。

老落叶松一定是长歪了,不然它肯定不想变成柴火。为了锯它需要用掉三四个楔子,并且需要使出比往常更大的力气。加布里埃莱不喜欢放下锤子休息。当我问他所有人都离开,他是不是在假装与自己无关,好像任何东西都改变不了他时,加布里埃莱说自己从没有真正地考虑过转场。他骄傲地说这只是存货问题,地窖里满是吃的,足以持续到圣诞节。但从他逃避我的眼神与伪装的笑容中可以看出,秋天同样让他倍感压力。

"今天星期几，是星期六吗？"他问我，"我们去村上买点喝的如何？"

我拒绝了他，也就意味着拒绝了陪他去买酒的义务。我知道这让人失望。但上一次我们一起"去买点喝的"后，我花了整整两天才能站起来，那是一种悲伤而又糟糕的宿醉。

我在小屋的阳台上发现了幸运儿，它正在舔舐大腿上流血的伤口。"你应该知道远离狼儿。"我对它说。秋天是个残酷的季节，也让我们变得残酷。

第二天，我的邻居们也离开了。比起同我没有交集的人们离开，我更为要离开的狗狗们感到伤心。我会想念它们来访时的铃铛声。老缺是一瘸一拐慢慢地走来，比利往往是小跑着来，兰波则喜欢飞奔而来，这让我学会通过听铃铛的叮当声就能辨别出是它们中的谁来了。如果邻居们能不辞而别更好。我们知道，狗狗们一点都不喜欢离别，而且我也没有被邀请参加这次分别仪式。这是夏末，万物枯萎，日落西山。我的季节已经过去，我本应该关上门离开的。

一些没有戴铃铛的狗取代了老缺、比利和兰波的位置。十月的早晨，我被它们的叫声吵醒。靠在门上，抱着想要出去打架的幸运儿，我看到一群猎狗在两名陌生人的命令下，陆陆续续地从树林里跑出来。陌生人穿着迷彩服，脖子上挂着双筒望远镜，肩上扛着枪。我从未想过有一天狩猎的季节会开始。猎狗们因猎物的气味激动不已，歇斯底里地奔跑着。从那以后，每天早上都在重复同样的场景，随后而来的是拂晓时分开始回荡的步枪声。听到枪声，幸运儿会钻进床底下，我向森林之神祈祷，希望那些子弹没有打中任何动物。我想念狍子、羚羊和小鹿。在那一周的日落时分，路尽头的空地成为猎人们的聚会场所。那时，鹿会前往牧场边吃已经长起来、比林中空地更加肥美的草。六天的时间里，猎人们用双筒望远镜研究猎物的行踪和出动的时间。他们计算着动物的数量，估量着它们的价值，并最终敲定它们。似乎在宣誓这是我的，得由我做主，你们谁都不许碰。鹿不知道第七天是它们的不幸日，它们本应该在星期天躲起来，而不是成为猎人们庆祝节日的祭品。

每天早上都有一位老猎人路过小屋。也许是因为他走不了多少路，只能在这附近的树林里散步。一天，我听到了两声枪响。不久，我看到他打中了一只野兔。野兔的后腿别在他的腰间，灰色的长耳朵一直垂到地上。我的内心告诉我那只野兔一定是我的朋友。在孤独的春天，我见过它的脚印，那次见面是多么弥足珍贵的回忆。每天晚上，那只野兔都在远远的地方看着我。我还期待着有一天它会有勇气靠近我。现在，我为这耐心的驯服感到羞耻。这是我对它设下的陷阱：野兔怎么可能区分我和一个持枪的男人呢？在我看来，兔子的死亡是无法容忍的罪行，我因此恨透了他。

白色

昨天下午下雪了。

冬天,干燥、粉状的白雪随风飘扬,落在门前的台阶上,落在靠墙堆积的木头上。

"这是十月吗?"我问自己。

落叶松还没来得及落叶。它们的树枝低垂,有些还断了。树林里鹿的叫声和猎人的枪声消失了。

晚上,我在窗边看书,时而望向窗外。

西尔万·泰松[1]在《在西伯利亚森林中》写道:"贝加尔湖、雪茄和伏特加酒,还有对远方兄弟的思念。"

天空中仍飘着雪。汽油瓶用完时,我正在准备晚餐。蓝色火焰变成了黄色,闪烁几下后就熄灭了。"再

---

[1] 西尔万·泰松(Sylvain Tesson,1972—),法国作家和旅行家。

见了,汤。"我想。

我用锡纸包住四个土豆,扔进炉子的火炭中。一个小时后,伴着红酒,我吃到了脆脆的、微微烧焦、加了点盐的土豆。

大约九点,停电了。桌子上方的灯泡熄灭。广播中的歌曲中断。冰箱突然停止了嗡嗡的声响。

整个房子陷入了黑暗之中,除了炉火的噼噼啪啪声和在厨房橱柜中活动了两天的老鼠发出的声音,一片死寂。就连窗外的落雪都没有声音。

除了妥协,我还能怎么办?

拉下沙发,借着炉火的光,准备好床铺。一切就绪后,我上床睡觉。此时,黑暗中柴火的噼噼啪啪声的确是不错的陪伴。

片刻之后,我听到幸运儿从桌子底下的窝中跑到沙发床上的声音。它试图不让我发现,悄悄地趴在床尾,我把脚伸进它的毛中。

深夜,我想写一个男人的故事:这个男人用完了燃气、电、笔等所有的东西,生活需求突然降到了最低。与此同时，在我的上方、外面、周围，雪一直下，一直下。

今天早上，世界变成了一张白纸。

明净的天空与被白雪覆盖的树林形成鲜明对比，显得越发湛蓝。

我打算四处走走，看看下了多少雪。大门外的雪已经到了膝盖处。

幸运儿找到了另一个自己：它在我前面跳入雪中，嘴里塞满白雪，在新鲜的雪地中打滚。"你过去也许是只雪橇犬，"我对它说，"现在呢，瞧你这个样子，不是偷车贼，而是淘金者。"

在不期而至的第一缕阳光下，落叶松卸下树上的雪，得以解放。地上是混着白雪的黄色和绿色的叶子。

如果有相机，我就要竖着拍照，因为我喜欢树木、白雪和天空。早晨，覆盖着白雪的落叶松有些庄严。

我想到了帕韦泽[1]写的"我相信从一开始，天空中的树木和石头都是神灵"。

回到家里，稍微清理了结冰的木头后，我点燃柴火。想到已经用光了汽油，也没有电，于是在炉火上用土耳其的方式煮咖啡，这样一来，锅底全变黑了。

我坐在桌旁，笔记本放在一边：多年前的昨天，记下的文字就停在了那条线上。因为下雪之前，我刚好离开小屋。

---

[1] 切萨雷·帕韦泽（Cesare Pavese，1908—1950），意大利诗人、小说家、文学评论家和翻译家，20世纪最重要的意大利诗人之一。

最后一杯

《叶隐》[1]一书中写道:"结尾对一切都很重要。"我在山上花了几天时间思考如何更好地度过最后在山上的日子。早上,幸运儿舔着我的脸,将我唤醒。然后我们一同出去验收霜降带来的成果:我打碎喷泉上挂着的长长的、结了冰的钟乳石,把它握在手里直到它粘在皮肤上,然后把钟乳石挂在落叶松之间慢慢地消融。如果夜晚天气晴朗,外面的温度会达到零下五度。小屋里,我点燃火炉,准备咖啡,重新勾勒出与我做伴的老鼠活动的轨迹。晚上,这只老鼠应该去过厨房的长凳、火炉和水槽,在盛放面食和米饭的托架上走动,从地板间挖出面包屑喂饱自己。我不知道该如何处置它。起初它很害羞,只在深夜才出来活动。后来,

---

1 《叶隐》(*Hagakure*)是日本武士道的经典,于1716年完成。

它意识到我是一个宽容的房东，这给了它极大的信心。如今，我做饭时，它就在一旁。我对自己说："不能清理掉它在小屋中的痕迹。"我本该呼唤住在心里的那个粗犷的山里男孩，拿起扫帚赶走它的。在穿越溪流时，我弄断了手杖。手杖的金属包头卡在了两块大石头间，撬动石头，却听到了"咔嚓"一声。我决定不再寻找新的手杖，因为已经不需要了，但我保留了原先手杖的碎片：用欧皮耐尔折刀剥去皮的瑞士五针松木，在太阳下晒干，被石头刮伤，在汗水中变得有光泽，陪我度过漫长的夏天后，本应该在最后一个晚上被扔入壁炉。之后我也不会停止对如今在脚边的老鼠、手杖、鞋子的情感。

加布里埃莱不停地说酒喝完后他就会下山。有趣的是，我已经学会了如何辨认他说的笑话。装酒的瓶子已经空了一段时间，因为我们减少了去超市购买的次数。事实上，加布里埃莱、雷米焦和我不约而同地决定在十月底离开大山。这一次，下起了真正的雪。我们中的一个在村子里找了一间房，正忙着清空旧家具，放进炉子、吊床和桌子。另一个则打算在冬天搬回自己的家,尽管那根本称不上家。我将回到城市,在吉索尔法桥[1]上,透过汽车窗户看一看远方的山脉。在这之前,我要完成最后一个计划。一直以来,我都想同加布里埃莱和雷米焦共度一个夜晚,但他们两个总是迅速拒绝我的邀请。出于某种原因,尽管彼此间认识许久,但加布里埃莱和雷米焦从未成为朋友。这让我很伤心,因为我是如此地爱他们。十月的一天,我克服困难,对加布里埃莱和雷米焦说:"听着,今晚我下厨,你们不要找任何借口,一定要过来。带上喝的,就当作送给我的礼物。"当天,他们真的来了。夜幕降临,他们穿着漂亮的衣服,每人拿了一瓶酒,有些局促不安地出现在我家门口。"我家里有三把椅子,"梭罗写道,"第一把是为了独处,第二把是为了友谊,第三把是为了社交。"现在,我也有时间去体验一下,这个由我们三人组成的小小社团。如果我能在山上做一些有益的事,如果我必须要选择一件引以为傲的事情,那么我会在离开前,让朋友们惬意地坐在同一张

---

[1] 吉索尔法(Ghisolfa)桥,意大利米兰市中心的一座立交桥。

桌子旁。

最后一天在为小屋过冬做准备中度过。我把壁炉中可能算不上是肥料的灰撒在菜园子里，这样做应该是对的，就像把在春天倒下的落叶松重新送回大山一样。我用铲子铲上几把土，盖住以前在户外点火时挖的洞，将阳台下边剩下的木头堆起来，又把锯子、钩子、耙子和铁锹带进房子。然后，我在冰冷的喷泉前洗手，望一眼四周。这个地方像我在第一天看到的一样，只是那天没有此时看着我的幸运儿，幸运儿不会明白我的感情。"你已经准备好去城市生活了吗，不幸的小狗？"我问它。幸运儿这一生中还没有见过系狗的皮带，也没有见过人行道。"我们将彼此相爱，我和你，"我对它说，"也许你将教我如何避开第一辆经过的汽车。"

午饭时，加布里埃莱来我这儿，说道："我不擅长道别。""我也是。"我回答。"再见。"他说。加布里埃莱已经不住在山上的房子里了，现在他找到了管理上山缆索装置的工作。由于是滑雪季，他需要拆除座椅，给齿轮上油，还得拧紧螺栓。加布里埃莱开着拖拉机走远。狼儿咬着拖拉机的前轮，像往常一样，一边狂叫着，一边横着跑到道路上，似乎在说："你给我停下来！你要去哪里？给我回去！"我在同雷米焦告别时被他"赶出了"家，他假装有很重要的事情要做。等我走了没多久，他给我发了一条短信，向我道歉，因为他实在很伤心，无法拥抱着同我告别。我很理解他的心情。

有一段时间没去山上了。早晨的大山覆盖着一层冰。吃完午饭，趁着下午的明媚阳光，我同幸运儿一起上山。离天黑就只剩下几个小时，我们走得很快，就像是录制一卷需要带走的磁带。到达山脊后，我才发现，经过好几个月的探索，仍然有一道没被发现的山坡，有一条从未走过的山路。从山的另一边下来，走到一片已经关闭的、被霜打过的牧场，透过窗户能窥探到里面有一张桌子、几把椅子、一些堆放在架子上的盘子和储存着的罐头，就好像有人刚刚离开。而在离开前，他进行了一番收拾。我研究山脉，选择一条只有那些能体会到没有路可以走的人才会认为美丽的路线，越过羚羊所在的高地，经过荒芜的洞穴、折断的树干、秋天烧毁的落叶松林。在光秃秃的杜鹃花丛中，跳过石头堆。我在溪边洗手、洗脸，品尝十月的蓝莓。这些植物到现在都还没有叶子，但浆果饱满，被夜晚的霜打过后，有些干瘪发暗，带着点甜味，就像葡萄干一样。

孩提时代告别大山时，我就做过相同的事情。我写下便条，塞进开裂的岩石缝中和树皮的缝隙里，这样即使我离开了，那些话也会留在那里。

"现在我们得走了，"我对幸运儿说，"是时候下山了。"我已经知道自己在冬天会做的所有的梦。

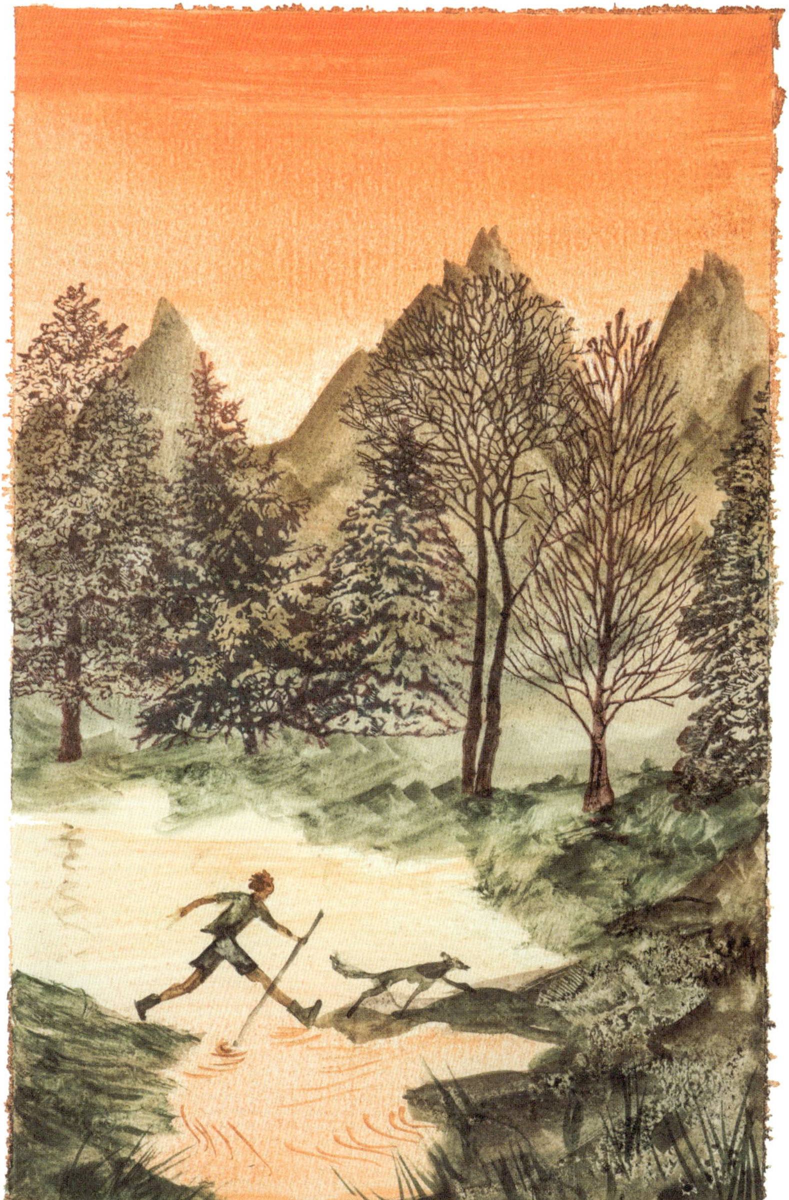

本书引用的文本来自：

法布里奇奥·德·安德烈　　　　　《不为了金钱、也不为了爱情或天堂》
Fabrizio De André　　　　　　　　*Non al denaro non all'amore né al cielo*

丹尼尔·笛福　　　　　　　　　　《鲁滨逊漂流记》
Daniel Defoe　　　　　　　　　　*Robinson Crusoe*

乔恩·克拉考尔　　　　　　　　　《荒野生存》
Jon Krakauer　　　　　　　　　　*Nelle terre estreme*

普里莫·莱维　　　　　　　　　　《元素周期表》
Primo Levi　　　　　　　　　　　*Il sistema periodico*

切萨雷·帕韦泽　　　　　　　　　《与莱乌克对话录》
Cesare Pavese　　　　　　　　　 *Dialoghi con Leucò*

安东尼娅·波齐　　　　　　　　　《词语》
Antonia Pozzi　　　　　　　　　 *Parole*

埃利泽·雷克吕斯　　　　　　　　《一座山的故事》
Élisée Reclus　　　　　　　　　 *Storia di una montagna*

马里奥·利戈尼·斯坦尔　　　　　《高原上的生活》《人类、树林和动物的故事》
Mario Rigoni Stern　　　　　　　*Le vite dell'alpipiano*
　　　　　　　　　　　　　　　　Racconti di uomini, boschi e animali

亨利·戴维·梭罗　　　　　《瓦尔登湖》
Henry David Thoreau　　　*Walden*

西尔万·泰松　　　　　　《在西伯利亚森林中》
Sylvain Tesson　　　　　　*Nelle foreste siberiane*

山本常朝　　　　　　　　《叶隐》
Tsunemoto Yamamoto　　　*Hagakure*